铁肩

王玉亮／著

献给那些 大岭英雄
那些 最可爱的人

内蒙古人民出版社

图书在版编目(CIP)数据

铁肩/王玉亮著. —呼和浩特:内蒙古人民出版社,2019.11

ISBN 978-7-204-16145-4

Ⅰ.①铁… Ⅱ.①王… Ⅲ.①长篇小说-中国-当代

Ⅳ.①I247.5

中国版本图书馆 CIP 数据核字(2019)第 263978 号

铁 肩

作 者	王玉亮	
责任编辑	罗 婧	
出版发行	内蒙古人民出版社	
地 址	呼和浩特市新城区中山东路 8 号波士名人国际 B 座 5 楼	
印 刷	呼和浩特市圣堂彩印有限责任公司	
开 本	710mm×1000mm 1/16	
印 张	11	
字 数	140 千	
版 次	2020 年 1 月第 1 版	
印 次	2020 年 1 月第 1 次印刷	
印 数	1—2000 册	
书 号	ISBN 978-7-204-16145-4	
定 价	32.00 元	

如发现印装质量问题,请与我社联系。联系电话:(0471)3946120

网址:http://www.impph.com

——谨以此篇献给为开发建设新中国大兴安岭林区奉献青春、汗水乃至生命的各族儿女，向他们致以最崇高的敬意！

小说简介

　　本书讲述的是 1965 年发生在中国大兴安岭克一河林业局一个采伐作业连红旗连里的故事。

　　连队里的爱情故事是一个美丽的引子，小说全景式展现了波澜壮阔的林区山场采伐生产作业情景，在这部大戏里，你会看到兄弟们一颗颗比小草还朴实的心，比金子还珍贵的情，他们的心像满山的杜鹃花一样红艳朴实和善良！在这里，没有尔虞我诈，没有职务的高低、辈分的尊卑，只有兄弟般的真情似火热！真情似海深！

　　一部《铁肩》，就是一部新中国大兴安岭林区的开发建设史，高赞那个火红的激情岁月里，先辈们爬冰卧雪、披星戴月、战天斗地，战胜极寒天气的英雄气概，更热情讴歌了连队兄弟们不计名利、不计得失、忘我工作、无私奉献、感天动地的爱国情怀！他们如默默的拓荒牛，在北中国的极寒之地开拓了一片北疆之春的伟大壮丽事业，他们采伐出的万千木材，强有力地支持了国家建设，在新中国建设史上留下光辉一页！

　　他们之中有转业复员军人周山、吴东起等人；有坐地户老爷子、隋友文；有来自祖国五湖四海的兄弟姐妹，如顾老黑；有响应国家号召支边援疆的大学生王志杰……你会看到，创造这些奇迹的，并不是神，他们是有血有肉有丰富情感的人，这样一些人凝聚在一起，迸发出无限的工作热情和无限力量,一句话:他们是大兴安岭最可爱的人,他们用青春、汗水乃至生命谱写了一曲壮丽的新中国林区开发建设奋斗史!

向他们致以最崇高的敬意!

小说人物表

王志杰(四眼):主人公

钱　钢(钱麻子):采伐三组组长

周　山:红旗连连长

花　儿:周山妻子

郑　涛:采伐二组组长

吴东起:采伐一组组长

隋友文(笔杆子):抬杠一组组长、连队文书

嘎　子:抬杠一组组员

李宝才:赶马套子师傅

二愣子:马套子捆木工

赵得安(赵老虎):机械组组长

杏　儿:后厨师傅、连长干女儿

李宝田:杏儿的父亲

张大嫂:后厨师傅

顾老黑:采伐一组组员

齐老憨:采伐一组组员

建　军:采伐一组组员

一

哈腰挂呀——嗨哟——

走起来了——嗨哟——

挺起腰啊——嗨哟——

向前走啊——嗨哟——

脚下看呢——嗨哟——

杠要稳啊——嗨哟——

就要到了——嗨哟——

坚持住啊——嗨哟——

莫松手啊——嗨哟——

上大跳了——嗨哟——

坚持住啊——嗨哟——

就要到了——嗨哟——

吃白馍呀——嗨哟——

吃肥肉呀——嗨哟——

这是新中国成立后大兴安岭开发建设山场作业抬杠喊的号子，多少年后，这铿锵有力的抬杠号子还会让满头白发的老人们泪流满面，这是有

血有肉的抬杠号子,这是大兴安岭开发建设先辈们用血肉脊梁撑起的历史荣光!

人的肩膀是肉包着骨,柔中带刚,有劲儿,能扛能抬。一般说来,扛是直接把东西顶在肩上,比如扛麻袋、沙包,这样的肩是软碰肉,俗称软肩。抬则得借助些工具,比如抬大木头,杠一上肩,掐钩一掐,哈腰就起来了。这是硬碰肉,俗称硬肩。在山场摆楞大木头,用的全是硬肩,有一副硬肩就是安身立命的本钱,谁也拿不住!

抬杠的说道很多,两个人一副掐勾一副杠,通常是四个人一组,两前两后;遇到大木头,就变成了六个人,四前两后,这种抬法叫"小把门",一副纵杠的两端再伸出各一副小杠,也就是四个人抬一副大杠,重量全在前面那四个人身上,后面的一副杠为的是不让大木头拖地,分担的重量较轻,就是俗称的耍龙;遇到更大的木头,就变成了八个人,四前四后,这种抬法叫"大把门",前后各一副大杠四个人抬,力量均摊。抬杠还有前一米后八十的说法,就是最前一副掐勾应该掐在离大木头最前端一米的地方,最后一副掐勾掐在离大木头最尾端八十厘米的地方,这种抬法适合上跳、归楞和装车,就像黄金分割点一样,符合规律。

山场作业点,山南海北哪的人都有,最早开赴过来的是成批的转业军人,所以那时的生产建制也是以军队的建制命名,山场采伐单位最早就叫连队,比如一连、二连、三连、红旗连、尖刀连。除了转业军人和听从祖国号召过来的,其余大部分人都是"闯关东"过来的,操着各种口音,坐闷罐火车,坐大卡车,转马车,转雪爬犁,历尽艰难,而后便扎根在这人迹罕至的大岭深处,与大木头结下了不解之缘……

这个热烫的带着镏金大字的故事就从1965年这个夏天开始吧——

进趟山真是不容易,搭了运材车(解放牌汽车改装成的运材车,增加了后拖车,为的是拉运长长的原条材,运材的米数和重量常常是超负荷的,为了完成生产任务,车辆带"病"工作,边修边干是那个年代的时代特征),这一路走走停停,运材车像肺痨病人似的一路咳喘个不停,司机师傅走了一路,检修了一路。

车子吐了一股黑烟,嘎噔嘎噔两下又不动了,王志杰表情很无奈,师傅更无奈。师傅掀开机顶盖检修了一会儿,见车子没有反应,又仰面钻进车底,查看了一番,向王志杰喊话,"把活口递过来。"

　　"活口?"王志杰显然没有听懂。

　　"就是扳手!"师傅语气有些急促。

　　"哦。"

　　王志杰从工具盒里取出一个扳手递过去。

　　"要8个的活口!"

　　"什么是8个?"

　　师傅吐口气,没好气地说:"上面标着呢!"

　　王志杰扶了扶眼镜,眼睛都瞅疼了也没看明白,到底哪里有写个8字,个个油乎乎的根本看不清数字,"师傅,我眼神不大好,这样好了,我拿给你看,咱们用排除法,摇头不算点头算。"他的脸抽筋似地笑了一下。

　　师傅很无奈地白了他一眼,说了句"棒槌"。这两个字王志杰听得真切,他扶了扶眼镜,嗵的一声将工具箱扔在地上,去车上取了行李背起就走,头也不回。看着他的背影,师傅傻了,这也太有个性了,心想:"好小子,算你狠,我看你能狠多久!"这儿离红旗连还有几十里,而且他的车是今天最后一个台班。鼓捣了好一阵,"突突突突——"车子打着了火,终于修好了,车子颠颠簸簸开了很久,碰到了汗流浃背的王志杰。师傅按喇叭,"滴——"

　　王志杰听不见一样,任凭喇叭高叫着,头都不扭一下。

　　师傅自个就嘿嘿笑了,心想这小子脾气不小,停下车去跟他说好话,"小同志,上车吧,就算我求你了,你要是半道被森林狼吃了,我就成了见死不救了。"

　　王志杰没有说啥,半低着头钻回车里。

　　他又渴又热,迷迷糊糊的像做梦一样,背壶里的水早就喝干了,幸好刚才遇到一处小桥,猛猛地喝了个够,又灌了一背壶。驾驶室里很闷热,虽然开着车窗,但发动机工作所产生的燥热源源不断地袭扰着车子里的人。

窗外,鸟语、花香,苍翠欲滴的绿一望无垠。

到了作业点,王志杰感觉整个人快散架了。挥了一头的汗水,他背着行李径直走向大帐篷,见人就问"同志,指、指、指导员在哪里?"

新鲜的大森林、新鲜的连队、新鲜的大帐,还有旗杆上高高扬起的一面五星红旗,在他眼里一切都是新鲜的,他整理一下衣襟,忘记了来时路上的不愉快,有些莫名的激动,又看了一眼连队上空高高扬起的红旗,说不上的一种热血翻滚,说话竟有些结巴。

被王志杰问到的那人在忙着修理油锯,头也没抬地告诉他,"指导员生了重病去哈尔滨治病了,有事找连长吧。"

王志杰说:"谢谢啊老同志。"那个被叫老同志的同志一脸木然,心想我才二十六啊,我就是老同志了,啥眼神啊?那个同志钻回大帐里照了照镜子,黑得发亮的脸,被风吹皱的层层叠叠的褶子,不由得长叹了口气,气嘟嘟地嘀咕了句,"都是大老爷们,还挂个破镜子干哈,真是闲得没累着。"狠狠地把用铁丝挂着的镜子翻了过去,这才解恨似地嘿嘿笑了。

后来见了出工回来的兄弟们,王志杰才觉出称呼那个同志为"老同志"有些不妥,这些人,这些兄弟们的脸一个个被毒日头晒得全是乌漆麻黑的,扛晒一些的,也是晒得紫红紫红的,如果照脸喊人,都挺显"老"的,那全得叫老同志了。好在自己领悟得早,就多了个心眼,先一律称呼同志,把"老"字去了。

与连队兄弟们的黑脸相比,王志杰就有些不伦不类了,他模样俊俏,五官棱角分明,脸白白的,细皮嫩肉,俨然是一个许仙似的白面书生。几经周折,他找到连长,恭恭敬敬递上介绍信,说了句"连长同志您好,我叫王志杰,新分来的工人,向您报报报报报到。"他努力克制,在心里一遍一遍说着不紧张不紧张,可往往事与愿违。他板正地站着,像等待命令的士兵。

周山打量着眼前的这个人,穿着一件深蓝色的裤子,上身穿一件白衬衣,白衬衣和他的脸一样被机油和汗水腌成了花脸猫,配上他戴着的瓶底似的黑边眼镜,显得很俏皮,像一个逃学去掏鸟蛋从树上掉下来的孩子。

"兹有王志杰同志壹人,分配到你生产连队,接洽为盼……"连长上下打量了王志杰半天,嘴角露出一丝莫名的笑。连长叫周山,一脸络腮胡子,黑脸,声如洪钟。别看他是连长,不忙政务的时候也跟着大伙儿一起出力干活儿。

周山管的连队叫红旗连,是克一河林业局库亚林场木材采伐连队中的一支。克一河是镇名,在鄂伦春语中是"紧靠山弯的河"的意思,库亚为林场名,在鄂伦春语中是"鹿交配的地方"之意。克一河属大兴安岭腹地,一直是鄂伦春人生活的区域,所以区域内的地名很多是鄂伦春民族所起,形象、直观、好记,一直流传下来。

周山之前就已经接到林场副主任打来的电话,说又分给他们连队一个工人,他也没多寻思。连队就是铁打的营盘流水的兵,来来走走,这本是太平常的一件事。让他有些没想到的是,这次竟然分来了一位细皮嫩肉还戴着近视镜的大男生,之所以叫他大男生,是因为他实在是像刚从校门走出的学生,一搭眼就是没出过力的"雏鸡"。周山那个笑是苦笑,不过也是一闪而过,没动声色,随即轻轻拍拍王志杰的肩,让他坐下说话,"小兄弟,山场的活儿以前没干过吧?"

王志杰摇头,扶扶眼镜,轻声说:"是的连长,没有干过。"

"那,了解吗?"

王志杰还是摇头,脸有些发烫。

周山友善地笑了笑,"咱没别的意思,只是先了解一下,好把你安排到合适的岗位。"

"连长。"王志杰利落地站了起来,目光开始闪过一束光,"我知道山场的活儿很苦很累,但是我不怕,我请愿到抬杠组,我要抬大木头!"

这个回答周山可没想到,有那么一瞬间他甚至有些感动,别看人家身子骨弱,但最起码人家这种想干工作的精神头值得嘉奖。周山又温暖地拍拍他的肩,"好兄弟,不急,总不能一口吃个胖子,慢慢来,你干啥工种的事咱再琢磨琢磨。"

"连长,你别看我瘦,可是我有劲儿,让我抬杠吧!"王志杰下意识地站

直立正,似乎用肢体语言在表态。

"兄弟,你想抬杠可以,但是抬杠这里面说道多了,你得懂,抬大杠可是有门道的,抓不着门道可是要命的。这里面的门道你得慢慢摸索,咱不建议你刚来就抬大杠。你没事的时候可以试试,咱只跟你说一句最要紧的,抬大杠时如果压得实在受不了了,千万别闷着,千万别一个人堆索(突然撂杠)了,这样做,所有的重量全部倾向你自己,瞬间可以将你的身体压坏。不怕吓着你兄弟,这样做压死的都有。如果觉着撑不住,你要大喊一声,兄弟几个一起撂杠,这样,伤不着你自个儿,也伤不着别人。"王志杰扶了扶眼镜,喉结一直在动,直咽唾沫。周山接着说,"你初次试着抬大木头,肩肯定受不了,就得学会抠小辫,会抠小辫能轻巧不少。"

"什么是抠小辫?"

"抬杠的时候你得一只手抓大绳吧,另一只手可支撑在杠底下,替你的肩膀分担一些力量,更重要的是,你把手垫杠底下,重心就向里移了,你分担的力量能少很多。"

这个细微的"抠小辫"动作如果连长不说,王志杰是不会在意的,也发现不了。后来接触了抬杠工作,很多兄弟也都抢着教他干活儿的门道,比如扶掐勾绳的手应该是反手抓着,这样手臂自然成直立的状态,使杠不来回在肩膀上摩擦,不容易杀破肩。这些都让他很感动。

虽说连队需要的是实打实干活儿的硬肩,但也确实有轻巧一点的活儿,比如烧水做饭啥的,可那是女人的活儿,再轻巧点的活儿就是作量尺员,量尺员不是说光量量尺,支杆、打权都是分内的活儿。单说这支杆,说是俏活儿,可也是个机灵活儿,得有眼力见儿,得有股子激劲,大木头咔巴一声响的时候,你得用一股子吃奶的劲压杆,并大喊一声"顺山倒了",大树就震天响地倒下去。就这么一支一压,自己和伐木工的身家性命其实全攥在手里,如果支杆没压好,压秃了皮,大木头朝站人的方向倒过来,或是支杆后躲闪不及时,大木头反坐回来,断根处的毛刺一撩一撅就能要了人的命,那可都不是闹着玩的。周山挺头疼王志杰这样的人,说了句:"那这样,你刚来,先熟悉一下这里的环境,活儿咱稍后再给你安排。"

王志杰扶了扶眼镜，卡巴一下嘴唇，想说啥，可是又把话咽了回去。周山把王志杰领进大帐篷里，指着最靠近门的一个空铺，"你就睡这吧，现在只剩这一个铺了，连队条件就这样，你试试看。"连长挺客气，但他的话锋，王志杰听得懂。王志杰将行李放下，点着头跟连长说了句谢谢，还说挺好的。周山笑笑。

晚上饭口的时候，兄弟们陆续从作业点下来了，见来了一位卡着"酒瓶底"厚眼镜的人，一看就是饱读诗书的，都以为是领导啥的来视察，都朝着他笑得像朵花。人齐了，乱哄哄的，连长摆摆手，让大家消停下，就指着王志杰说："这是咱们连队新来的兄弟，叫王志杰，大伙呱唧一下吧（鼓掌欢迎）。"这下大伙知道了，脸上的笑容渐渐消散，屈指可数的几下啪啪声算是欢迎了。

"开饭了！"一个清脆的甜声儿传来，随后一盆热气腾腾的大白菜炖土豆端了进来，紧跟着一大盆热气腾腾的大发糕也端了进来，大伙嬉笑着拿碗盛菜，恨不得盛得碗口冒尖淌汤。大伙的喧笑声、饭菜的香甜味将一天的疲惫一扫而光。王志杰是最后一个去盛菜的，最后一个就只剩下点汤了，他推了推眼镜，没说啥，盛了点汤，拿了俩发糕到一边吃去。周山看得真切，将人叫过去，把自己碗里的菜拨一半给他。周山那一碗菜是后厨先盛好的，碗尖上有几块肥肉条子，这一倒，全倒进王志杰的碗里了。王志杰有些茫然和感动，急着说不用不用，可是菜已经倒进他的碗里。周山笑笑说："别客气，进了这个门都是自家兄弟，在这儿吃饱喝足就不想家了。"王志杰顿了顿，脸有些烫，往鼻梁上推了下眼镜，透过镜片仔细看了看连长，轻轻地回了句："是，连长。"

其余兄弟们的眼睛直了，有的甚至小声嘀咕，"连长也太惯着那个'四眼'了，一个新来的这待遇也忒高了！"八百个不服，吃光了菜还赌气狼烟地弄得菜碗叮当乱响。

吃过饭，周山将几个小组长叫进了另一个小帐篷，那是连长的专用办公室。周山都是有话直说："哥儿几个也都看到了，咱连队又来个兄弟，你们几个组看看，谁缺人，谁就收了吧。"

"连长,我说话嘴黑啊,您别介意,我这组可不缺爹,打死我都不要!"说话的撇个嘴拉个长脸。此人姓钱,脸上麻子多,兄弟们就叫他钱麻子,是采伐三组组长。王志杰对他印象最深的并不是满脸的麻子坑,而是金光灿灿的"大金牙",后来王志杰夸他两句金牙真带劲,他就龇个牙跟王志杰显摆,"可不咋地,这牙,咬着砂子粒都不用吐,咔巴一下,咬稀碎,厉害着呢。"

"我也不要,连长,这样的人能干动活儿吗?多一个反倒多个麻烦,肩不能扛,手不能提,绣花,连队又没有针和线——"

嗤!

有人笑了,不敢大声,憋着。说话的叫郑涛,采伐二组组长,此人一脸的横肉,两股子粗眉毛,手背上的青筋像树根一样蜿蜒鼓胀,一看就有劲,是干活儿的好把式。

郑涛看似说的气话,但实际却有道理,摆楞大木头的活儿,那是硬碰硬的真实力,来不得半点虚假,有些人确实口号喊得挺响,但实际上却根本干不了。连队生产任务那是死命令,任务下达后,人员也是一个萝卜顶一个坑,如果将人安排在一个岗位,他半道撂耙子,实际上是一整个生产链条被从中切断。在这个把生产任务看成天的国家创业时期,那确实非同小可。之前也因为种种这样的人员、这样的原因迫使生产任务不能达标。

哐!

周山把手中的笔摔在桌子上。四下无声,大伙面面相觑,没想到连长能发那么大火。他的眉毛立了起来,"说的啥话这是?到咱这来的都是兄弟,都是革命同志,别说他不能干哈(东北方言:干啥),就是咱背着他,也不能让革命兄弟饿死!瞅你们那点出息,有没有个样!这么干,咋让手底下的兄弟服气,咋就那么大点心眼儿!你们一个个都能是吧,你们刚抬大木头的时候,有几个没压尿汤的,有几个没偷偷抹过泪的!现在咋了,成精了?人的能力有大有小,能干就多干点儿,力气小的就少干点儿!就这么点事儿,一个个跟熊包似的,完犊子玩意儿!"连长的这番话,可以说是软硬得当，至情至理。

帐篷里出现了片刻的窒息，没有了声响。

"连长，您也别生气，俺们不是不愿意要，您说现在生产任务这么紧，一看那个人就是个娘娘腔，俺们这又不是戏班子，他能干个啥？"说话的叫吴东起，采伐一组组长，山东人，性子直。

周山燃了支烟，没有照惯例给兄弟们一人递一支，没好眼神地斜睨这几个人，又有几个班组长表态，意思差不多，周山不想听。他把眼神投向另一个班组长，这个人叫隋友文，岁数不大，面目清秀，还有点文化，干活好，点子又多，深得周山的喜欢。周山做事自认问心无愧，对这个人有好感一丝也没有因为他是主任家的亲戚，而全凭人家干出的活儿周正像样！同样的活儿，别的班组可能需要三个小时完成，轮到隋友文班组，至多两个半点儿，从不拖连队的后腿，这是出了名的。隋友文还有一样拿人的地方，因为他有点文化，连长就让他兼连队的文书，写写算算那些事都是他的，连长到林场甚至局里开会，整个汇报材料啥的更是手到擒来，所以连长对他可以说是宠爱有加。人家也有那个资本，论力气人家确实不太大，可是论脑袋瓜子，几个也比不过人家一个。用连长的话讲，隋文书脑袋瓜子里装的那叫智慧！

看隋友文一直没作声，连长心里犯嘀咕。这几个班组长说的何止是有道理，周山心里最明白，哪个连队进人不希望进些膀大腰圆、干啥啥行的棒劳力？山场连队是啥地方？是天天和大木头打交道的地方，真不是绣花的，所以总进一些弱不禁风、十个不顶一个的确实没啥用！大木头也不会自己倒下，也不会自己跑到车上，那可是实打实干出来的。兄弟们的这些牢骚他比别人更懂，可是几个手指头伸出来还不一般齐，哪能全是膀大腰圆的人？再说这天下难道都是膀大腰圆的人打下来的？这人有胖有瘦，有高有矮，有奸有傻，周山坚信这世上没有无用的人，只有不会用人的人，用对地方了，哪个人还不发几寸光？

兄弟们对王志杰有所排斥，也不能全怪大伙，说好听点，看着像个书生；说得不好听点，如果换了女人的衣服，那白皮白肉的简直比女人还漂

铁肩

亮,一个大男人生个美人的脸蛋,让人看着就心烦、就别扭。还不光因为这些,在连队里,兄弟之间谁用请啊、谢谢啊、对不起啊这些文绉绉的酸词啊,让用也没人用。可是王志杰却用得如鱼得水,比如有人顺手给他倒了半碗水,他连说了几个谢谢;在帐篷里,和哪个兄弟擦一下肩,他马上又会说几声对不起;别人的臭脚丫子支在他带来的新行李上,他也用对不起打扰一下,请挪一下脚之类的话,整得别人都好像是大爷,就他一个长工似的。

说实在的,连队的兄弟基本都是大老粗,没几个识文断字的,你跟他太客气,他反倒觉得生疏,他们本身也不会客气那一套,平日里说的都是土话粗话和满口跑火车的话。你别说,这样的话在连队里却显得特别亲切,似乎一下子就把人的距离拉近了,似乎一下子就成了兄弟。这么约定俗成的氛围一下子被个外来的打破了,满帐篷充斥着"谢谢""请""对不起""打扰了""您好"让人真真儿的不舒坦,恨不得想揍这个"怪物"一拳解解恨!

空气凝固了一阵,周山拍了下大腿,"看来哥几个都不愿背这个包袱,那这样好了,正好杏儿忙得脚打后脑勺,一个人烧火又做饭太累了,咱就让王志杰给杏儿打下手吧!"

大家面面相觑,欲言又止。

"连长——"终于有人坐不住了,隋友文抢着说话了,"啥也别说了,我们的觉悟是没您高,我们知错了,这样吧,让新来的上我们抬杠一组吧,看他身板也干不了啥重活儿,我就给他找点他能干的轻巧活儿。您就放心吧,人我要了,都是革命同志,大家一起进步嘛。"这话说到最后变成了嘤嘤声,很无奈也很虚伪。

钱麻子伸出大拇指,啧啧称赞,"还是人家隋组长觉悟高,我们还得努力提高啊,嘿嘿!"

呵呵呵呵……

大伙心照不宣地笑笑,见连长没笑,把笑憋回去了。

周山心想,真没两下子,咱还不被你们几个刺毛欺负死,对付你们这些刺毛,咱用半个脑袋就够了,都说你们脑袋瓜子够用,你们那是螳螂捕蝉的小聪明,咱才是黄雀! 连长绷着脸,很严肃地说了句:"就这句听着顺耳,那好,咱就这么定了,散了吧!"

王志杰本来是想找连长谈谈工作的事,可是在门外全听见了,所以就没往里进。他实在是困了,想睡觉,可是他的铺被横七竖八的臭脚丫子占领着,几盏煤油灯将大帐照得亮亮的,大伙三五成群玩扑克的、下象棋的、吹牛皮的,热闹得像大集市,压根就没有睡的意思。他似乎很不习惯这样的生活,空气中臭脚丫子的味道和着旱烟的味道越来越浓烈,呛得人睁不开眼,胃直泛酸水。无奈,就走出帐篷看星星,静静的,山里的星空是如此的明亮深邃。深蓝的夜幕里,点缀着无数颗亮闪闪的小宝石,那么多可又那么清晰,仿佛伸手可摘。深吸一口气,这空气是多么的新鲜,和着草香,和着花香,和着树香。是的,这树自有一股清雅高洁的芳香,头顶着苍穹,脚踏磐石,任风霜雪雨我自成长,不得不让人生敬畏之情! 还有这啁啾的鸟鸣,偶尔的兽嗥将山里的夜打扮得精彩纷呈。他静静地伫立在那,入了神,不知想起啥触动了心思,一声长叹,取下眼镜,用手绢拭了拭湿润的眼睛……

很晚王志杰才钻回帐里,烟味渐渐消散,兄弟们都睡熟了,帐篷里的蚊虫也开始多起来。虽然帐外燃了一种叫艾蒿的专门用来驱散蚊虫的草,但随着风向的改变,一大拨害人虫会见缝插针地溜入大帐,它们无孔不入,如此反复,帐内的蚊虫已经阵势浩大了。其实来连队的路上,王志杰就领教了山里蚊虫的厉害。它不怕人啊,你咋用手拍打驱赶,那些蚊虫就跟一个作战军团一样,越战越勇,嗡嗡地带着巨大的螺旋桨一样的声音与你拼杀。死一拨不要紧,另一拨成倍地再上,长得一样的蚊虫越杀越多,会杀得你怀疑这可恶的小东西能死而复生,生生不死,直到杀得你无心恋战,放弃抵抗。

睡觉,大夏天的,你不敢把头露在被子外面,不说咬你,就是蚊虫那嗡嗡得比直升机还响的声音就吓死人! 可是后来王志杰发现,除了自己,其他兄弟都睡得好香,香得不能再香,美美的鼾声此起彼伏,一声高过一声,丝毫不受这种小东西的打扰,王志杰由衷地惊叹加佩服! 诶,人呢,只有

铁肩

享不了的福,哪有遭不了的罪,这么一想,心静了不少,睡吧……

木材生产的忙季是冬季,但是这个夏季却不同寻常,木材生产一刻也没有停止,似乎比冬季生产的时候还要忙。国家建设步伐加速,木材用量剧增,连里的生产任务也跟着翻跟头,放树、造材、装车、运材,流水线的作业日复一日周而复始。

海量的木材长了翅膀一样飞到祖国的各个建设战线,想到这,兄弟们就热血沸腾干劲十足了。

今天,王志杰得跟着兄弟们到作业现场了。

起早、蹲坑、洗漱、吃饭。

黑灯瞎火的,也不知道是几点,一切都跟要打仗似的,快到眼花缭乱,他迷迷瞪瞪的时候被人掀了被子,只好穿衣服,其实那阵他似乎刚进入梦乡,也睡得正香,还梦到了妈妈。这一宿几乎净下意识地撵蚊子、拍蚊子了,跟没睡一样,刚要睡着,已经到了起床的点儿了。脑门子上,手上很意料中地起了几个大红包,钻心刺痒,那是大帐蚊子给他的"见面礼"。顶着星星起,顶着星星走,这一气呵成的规定动作在十来分钟内完成了,王志杰卡巴卡巴眼睛,把眼镜推了又推,还没缓过神来,他甚至连脸上的胰子沫都没来得及洗干净,他的热毛巾还没有烫好,兄弟们就鱼贯出了帐篷,他只得抓了俩窝窝头追出去,跟着大队人马出工了。

王志杰特别爱干净,时间长了,兄弟们后来都发现了这个问题。别的兄弟回到帐里甚至不洗手和脸就开吃,他不是,他得打盆热水,将毛巾在盆里烫一会儿,然后再洗脸洗头发,细细地洗,打两遍胰子,将脸、脖子甚至耳朵眼里全部打扫干净;头一天早上的时间太急促,没有时间完成他的规定清洗步骤,以后的日子里,他就早起,比兄弟们早起半小时,必须细细地洗好了,否则身体就八百个不舒服;他起床,决不打扰到别人,他像猫一样轻盈,轻轻地去后厨端盆热水,轻轻端回来,轻轻地放在凳子上,轻轻地打胰子,轻轻地将水撩到脸上,最后一个规定动作是将烫好的毛巾在脸上敷一会儿……这一切都是无声无息的,连拧毛巾时水滴落在盆子里都没有声音。

兄弟们粗野惯了，被王志杰这个"标准洗法"惊得瞠目结舌，兄弟们的意识里最干净的莫过于杏儿了，也见过杏儿咋洗手脸，可跟他比起来，那杏儿的洗脸方式似乎是过于粗枝大叶了。渐渐地观摩王志杰洗脸成了帐篷里的一个节目，像看电影一样，是种享受。

　　开始的日子兄弟们以为王志杰是假干净，装干净人，没有人相信一个在山场出苦力的会天天将自己洗漱得干干净净的。没用，也没那个必要啊！兄弟们以为他那样花哨的洗脸也就是充充样子，可是兄弟们想多了，以后所有的日子，只要王志杰洗脸，那些规定洗法一样也不能少，一样也没少过！兄弟们嘴上不说，在心里也早竖了大拇指。别的兄弟想洗光膀子的时候，肯定是脱光了上衣，舒舒服服地胡乱洗一通，像猴子洗澡一样，水泼得到处都是。王志杰也洗光膀子，但是他从不脱掉最后一件背心，他将浸泡好的毛巾塞进背心里，用湿毛巾细细地搓擦身体，一只手掀着背心的一角，一只手在背心里面细细地鼓捣，生怕人看见，所以在帐篷里想看赤裸着上身的王志杰几乎不可能。嘎子是帐篷里和王志杰岁数相仿的一个年轻人，平时不咋爱吱声，王志杰的一幕一幕惊得这个几乎不发声的小伙子整出一句："这也太邪门了吧！"

　　其实王志杰的与众不同最先引起了杏儿的注意。杏儿起得早，她得早早烧火做饭，保证兄弟们一起来就能吃着热呼饭。杏儿发现这个人起得仅次于她，而且起早仅仅是为了到后厨端一盆洗脸的热水，她卡巴卡巴眼睛，倒没跟他搭话，也没那个闲工夫。其实那一锅滚烫的水是供兄弟们早起吃饭和饮用的，根本不是洗脸用的，其他的人也没人早起用热水洗脸，只有他是特例！杏儿吸溜几下嘴唇，对这个把脸看得比肚子重要的"书生"很来气也很纳闷。连长起得也早，总是帮忙得冒烟的后厨打会儿下手，自然连长也注意到了王志杰的与众不同，可他并不说啥。杏儿忍了好几次，也几次想说说王志杰，她想说："你那脸就那金贵，非得用热水洗脸啊，知道烧点热水多不容易！"杏儿的话有两回已经到了嘴皮子边了，却被连长制止了。连长太了解这个丫头了，一打眼就知道她想干啥，连长便抢先和王志杰搭话，"早"。王志杰推推眼镜，透过热气腾腾的水雾看清连

铁肩

长,回复:"早,连长"。杏儿是连里的做饭丫头,能干能吃苦,眼睛水灵灵的,辫子翘翘的,十分惹人,谁见了都想多瞅两眼,王志杰又是个特例,例行公事一样来后厨舀水,例行公事一样和杏儿说声早,眼珠子都不会转一下。这让杏儿挺上火,并不是想别的,是对他这种暴殄天物般的视而不见迷惑不解,"一朵鲜花就在这连里,就在后厨,就在你眼前!你眼神没问题吧?"哦,忘了,他的眼镜片子比酒瓶底厚,杏儿这么想,就扑哧笑了,也消气了。

到了作业点,蚊虫扑脸。这里人多,又有倒套子的马来回运材,所以,这里吸引了大批的各色害虫,成了天然的害虫聚集点!

蚊虫多啊,铺天盖地,有一种叫大瞎蠓的吸血蝇,个头比蜜蜂大两倍。说这家伙是吸血就不太合适了,用喝血再恰当不过,这个魔鬼喝起人血来不知道饥饱。更可气的是这个魔鬼不知道怕人,你攥一下它跑一下,你一不留神,它就黏回来,你一巴掌拍下去,它躲过一劫,不但不庆幸死里逃生,反而以更快的速度再俯冲回原处下口喝血。若是一掌拍下去,正拍个正着,就是血色一片。往年这种大瞎蠓并不多,可是今年却疯了一样从天上地下钻出来,如果你只顾着消灭这些害虫,那你一天就啥也别干了,还得多长出八只手,要不你根本打不过来,你顾得了头,顾不了腚。这些吸血鬼隔着衣裤照样叮透你。有人要问,那咋办?实话实说,没啥好办法。兄弟们找来野生黄连,将黄连折断,将茎秆里流出的黄水涂抹在手、脸和衣裤上,诸如此类的土办法很多,但都是只解决一阵问题,解决不了根本的问题。那些蚊虫害怕的刺激气味在阳光的照射下,用不了多久就会挥发殆尽,吸血魔鬼们会卷土重来,而且更加凶猛!

兄弟们最后一道屏障就是用精神的力量战胜肉体的折磨,他们用血肉之躯对抗着这些吸血鬼,兄弟们豁出去了,"你忙活你的,我干我的活儿,你不就是想喝血吗?革命同志身上的鲜血是流不尽吸不干的,狗日的,吸吧,革命同志的鲜血管饱!撑死你们!"这当然是王志杰臆想出来的,是他从兄弟们谈笑风生的举止间、嗡嗡害虫铺满手脸而面不改色的表现上总结归纳出来的。

人遭罪,作业点赶马车拉套子的马更是遭罪,本就营养不良的瘦马成了吸血鬼们的丰盛美餐,这种没有抵抗之力的大牲畜是大瞎蠓的最爱,它们毫不顾忌,趴在马身上任何一处就开怀豪饮！人被咬急眼了,可以用手拍一下、赶一下。马不行啊,甭管咋咬,只会用马尾巴疯狂地甩,可那咬的地方,也不都是马尾巴能照顾到的地方啊！马被咬得鲜血淋漓,腿上身上的肌肉一直在不停地颤抖……赶套子的兄弟见马被咬得一声声嘶叫着打响鼻,实在是可怜,只得抢着马鞭子帮着驱赶一下,可是铺天盖地的蝇虫,哪里赶得过来。李宝才师傅的一匹老马就被蚊虫咬得发了疯,横冲直撞地冲向了悬崖,摔得粉身碎骨……

李宝才傻了,这下真应了他徒弟二愣子那句话了。就在几天前,李宝才半夜出帐篷撒尿,发现马棚里有人影晃动,就凑近了看,见有个人忙得不亦乐乎,在给几匹拉套子的马扇扇子。那个人也真有一套,用个小细棍绑了一块薄铁皮,好似一个大芭蕉扇,来回那么扇动着,轮流着给几匹套子马扇风乘凉驱赶蚊虫。李宝才心想,谁这么有才啊？凑近一看,是徒弟二愣子。他就粗个嗓门喊:"二愣子,大半夜你不睡觉跑马棚干哈呢？"

"我给马儿攮大瞎蠓呢,它们快被咬死了。"

李宝才气不打一处来,"你这个孩子是不是彪啊,那能攮过来吗,你给牲口攮大瞎蠓,哦,那你就不睡了,你是铁打的？"

"师傅,你看看咱的老黄(套子马的名)太可怜了,你看看它瘦成啥样了,你就别管了,我累不死,呜呜。"二愣子抹着眼泪嘟嘟囔囔。

李宝才冷哼一声"你个兔崽子,哦,老黄明天趴不了窝,你明天给我趴窝了,谁给老子捆木去,撒楞地给我滚帐篷睡觉去！"

"师傅,那赶明儿,你不能再拿鞭子抽老黄了。"二愣子抹着泪花,可怜巴巴地盯着李宝才。

"咋地,这牲口不干活儿我还不能抽它了,不抽它抽你,你给老子当马拉套子啊？"

"师傅,大瞎蠓见了血死都不松口,老黄快被咬死了,你还舍得抽它,你的心咋那么毒呢。"

李宝才气得胡子都直了，破口大骂，"你个小兔崽子，你眼睛长屁股蛋子上了，你没见白天它不给我完活儿，还直炝蹶子，差点踢死老子，老子再不教训教训这牲口，这牲口得上天了！你心疼它，老子还心疼连长呢，就他那伤腰，还跟咱一样满山场骨碌呢，那牲口比咱连长还金贵？比你师傅我金贵？你个兔崽子，给老子滚回去睡觉！"

二愣子不情不愿地回帐去，李宝才燃了支烟，和他的老搭档"老黄"唠了一阵心里话。"老黄啊，你跟了我这么多年，我也舍不得用鞭子抽你，可你也太不争气了，咱连里这几匹套子马，就给你的豆饼料最多，你还撒欢炝蹶子地踢老子，你想想，老子抽你冤不冤？好了，你也别生气了，赶明儿好好干活儿，老子保证把你当祖宗供着，再不抽你鞭子，老子当着那小兔崽子的面不能服软，老子在那小子面前服软，那老子咋还能当他的师傅，你说对不对？"

老黄打了几个响鼻，眼眶里忽然裹满了泪水。李宝才怔了几秒钟，眼睛也一下红红的，这马通人性啊，它这是听懂了。

这才几天啊，老黄真的就没了。见到悬崖下的老黄，李宝才没有哭，仰头望望天，说了句："老朋友，你太累了，这回你可以好好地休息了。"

李宝才师徒给老黄挖了个墓穴……

李宝才难过得生了一场大病……

王志杰一边用手驱赶着扰人的蚊虫，一边熟悉着工作业务。

他们这个组的任务说起来很简单，就是把山上运下来的大木头归拢、装车。从整个木材生产运输链条来看，这个工种应该是所有工种里最累的，如果让一个文弱书生样的单薄身子直接去抬大木头，那绝对是整人和瞎胡闹。隋友文心里早有了数，他指着横七竖八的原条（放倒的整棵大树）说："等造完材，咱们组的兄弟们就把这些造好的原条归拢好，等有车来的时候，再装车。你的任务就是打掉木头上的枝枝杈杈，这个没问题吧？之前咱们组是没有专职人员干这些轻巧活儿的，都是顺手干了。你呢，抬大木头肯定不行，以后就专职干打枝杈的活吧！"隋友文觉着自己是实话实说，没有故意瞧不起的成分，只是就事论事，再说跟一个手底下的兵说话不用犯寻思,把工作交代明白就行了。他把话说完了就走,他很忙,连长交代的一篇汇报稿还没完成,他得分身干工作,忙得脚打后脑勺。本来他是想抬两杠的,两天不抬,这膀子还真有点痒痒。

他刚来的时候比王志杰还小几岁,比王志杰还清瘦,他从王志杰身上看到了当时的自己,时间真是个魔鬼,一转眼"儿童团"一样的小兵已经成长为抬杠组的组长,他觉得与王志杰相比,王志杰的命更好,他刚来的时候抬杠组人手奇缺,直接上手就抬大木头,没有磨合和过渡的过程,他还能清晰地记得"杀威棒"似的抬杠往肩上那么一撂,那种血肉之躯抗击坚硬如铁的重压的真切感觉!

往事如昨,仍历历在目,有一刻他怔怔地将目光停留在王志杰身上,他似乎看到了他自己。

他在心里只能说王志杰这小子命好,都是革命同志,该照顾就得照顾!

"组长,我要抬木头!"王志杰在他背后忽然冒出这么一句。

"你说啥?"隋友文回过头,似乎不相信自己的耳朵,对面的这个人还在用双手搓着衣襟,脸涨红着。王志杰的手扶扶眼镜,又挠挠头,简直没地方搁。

"嗤——"隋友文笑了,笑得那么无奈和讽刺,他丢了句"你干不了",转身径直走掉,像扔一块旧抹布一样将王志杰扔在了身后。

"我干得了!"又是王志杰的声音。

隋友文不得不又停下来,心底的火苗呼呼蹿起来,这个看不出眉眼高低的家伙,耽误的是最可宝贵的时间,谁有工夫和他扯闲蛋,生产任务这么重、这么急!他的火就快压不住了,扯个嗓子又叫了一声,"你干不了!听懂没?"

"我——我——我干得了!"王志杰不能着急,一着急,就成了磕巴。

隋友文不得不转回来,用白眼仁翻着王志杰,咬着后牙槽,"你听好了王志杰,这儿是连队,是一个革命生产单位,不是让你胡闹的地方。让你干哈你就干哈,不服从命令就给我滚蛋!"

"你——你——你——怎么骂人？我能——能——抬。"越是急,磕巴越严重,脸也涨得像红皮球一样,要爆开。

"好!"隋友文气得心哆嗦,强压怒火,他不能暴跳如雷,他是连队公认的文明人、文化人,所以形象还是最重要的,他提高调门喊了句:"能抬是吧？小广安——你过来!"

一个个子不高的结实小老头满脸是笑地过来,他赤条着的胳膊黝黑发亮,那肌肉都是一坨一坨的,虽然那坨小了点,但结结实实,充满了力道!

王志杰疑心地盯着那赤条的胳膊,也有蚊虫嗡嗡地围攻叮咬,但似乎叮到了砖头瓦块,纷纷败下阵来,落荒而逃,他的心一惊,敬意油然而生!

隋友文指着王志杰的鼻子,咽了口唾液才说出话来,"从现在开始,这个人,就跟你一个杠!"

"他——"小广安呵呵笑,笑得差点把早上的两碗稀粥吐出来,一口浓重的四川味,"你搞错没得哦,他嘞个批样儿,抬得起个锤子啊,老子吃错了药才得和他一路抬。"

"哈哈哈哈——"

大伙哄堂大笑。

小广安是地道的四川广安人,一口标准的广安方言常常是出口就逗翻大家。

"小广安,这是命令!你带他一天,不,一上午,如果他干不了,就让他卷行李滚蛋!"说完话,飞似的走掉,再也没回头。

轮到小广安傻眼了,他气不打一处来,心想:真是官大一级压死人,把这么个棒槌丢给他。说那个"四只眼"抬得动,鬼才相信;说抬不动,好像是他把人撵跑的,这个龟儿子硬是愁死人!

这回小广安指着王志杰的鼻子嚷,"我说你嘞过(个)人老(脑)壳有包吗,让你做点趴火的活路要不得吗？你个哈八儿还犟起要抬杠子,你也不窝趴稀屎照哈个人,你抬得动个锤子啊!"

"能不能抬,试下不就知道了!"王志杰这一句话一点也没磕巴。这话差点把小广安给噎死。

小广安本来不想急头白脸地跟他吵吵,没想到这个家伙这么不识抬举。看他细皮嫩肉像贾宝玉似的,可说话还没轻没重挺气人,他想:"这可是你说的,大观园的门开着你不进,死路浑水你非得蹚!"他抄起杠,喊了声,"兄弟们做活路了,哪个拉稀摆带,老子把他龟儿出脱!"气得嘴发飘,将正宗的川话说得死难听。

谁也不知道王志杰到底抬没抬过杠,反正王志杰也是一哈腰,杠就起了,小广安和众兄弟们都等着看他龇牙咧嘴,甚至杠一滑,装熊说干不了的怂样。可是,他们错了,王志杰的脸上甚至没啥表情,唯一的表现就是:像个老手。

小广安暗暗吃了一惊,本想这一板斧下去,敌人就败下阵来,哪想,反倒被敌人弄了个下马威。似乎没费太大的力气,这一杠的活儿轻巧走完了。小广安默不作声,抢先走到一棵更大的原条跟前,掐钩一钩,心想:"你个批哈儿,告了才晓得,老子让你晓得锅儿是铁倒的!"

抬杠有个说道,就是一副杠的人得一起起杠,这样力量均衡,双方都吃得消,如果哪一方起了先,那剩下的可就要吃亏,再想起杠,可就难上加难了,除非是力气特别大的,咋弄都行,那是没得说。这么一个大木头,径级得有五〇(直径 50 厘米),长四米,前后各一副杠,也就是四个人抬,别说是新手,就是老手也不一定行。其实这样的五〇材应该是六个人抬,也就是得三副杠,但是小广安故意递了个眼色,那副杠退下去了,小广安就是想治服这个天不怕地不怕的初生牛犊。他故意先起杠,王志杰果然没有起来,可是他却并不傻,他反问"我说老同志,咱俩一副杠,是不是得一起起杠啊?"这一问,轮到小广安不好意思起来,一个老同志,哪能连这点儿规矩都不懂,通红着脸放低杠。这次,俩人杠平起,一起起杠。抬这么个大块头,大家都得使出吃奶的劲,后面的两个人也明显是咬牙挺,骂了句娘!

四个人的脸憋得紫红带黑,太阳穴上的青筋滚圆蹦起,哈下腰,闷住一股狠劲,咬紧后槽牙。

杠还是起来了。小广安的脸有些绿，心里叫了句："龟儿子，老子硬是小看你了，可以嘛，有种，老子看你龟儿子走得到几步！"

抬杠不喊号子那叫抬闷杠，抬闷杠，容易步伐不一致，走着别脚，还死累，这是抬杠的大忌，所以，这个时候号子必须起来了。小广安被王志杰的表现惊得忘了号子这码事了，跟跄着往前走，身后的两个兄弟先起了声：

哈腰挂呀——嗨哟——

走起来了——嗨哟——

挺起腰啊——嗨哟——

向前走啊——嗨哟——

脚下看呢——嗨哟——

杠要稳啊——嗨哟——

天知道王志杰是怎样挺过这一杠的，他被压得眼冒金星，他觉着自己就要被压死了，如果真被压死了，可也挺好的，他当时就这么想的。他从不知道他柔软的肩膀能够扛起这一座山！他也走不动了，如果不是这铿锵有力的号子，他真得趴下了，他不会喊，他就接后面的"嗨哟——"

这一路嗨哟嗨哟硬是将杠坚持下来了，真是神奇的号子！一座山撂下去，他似乎能飞起来了。

更神奇的是，那么多可恶的小吸血鬼呢？咋感觉不到了？

毛主席说，世上就怕认真两个字！

人一旦专注着干一件事，别的事就似乎可以忽略不计了，和抬杠比起来，那些个烦人的小东西就忽略不计了……

二

　　这两趟杠走下来，老手也得歇歇腰，小广安故作镇定地坐下来，嘴里叼了根烟，吧嗒吧嗒抽起来。王志杰也坐下来，感觉心还在胸膛里乱窜，不敢张嘴，怕一张嘴心就蹦出来，两鬓间晶晶的汗珠汩汩往外钻，脸色越发纸白，坐在那里晃悠。同组的嘎子兄弟转过来把他拽起来，告诉他，"刚用过猛力，不要坐下来，我们习惯了，可你不行，你得走动着休息，这样心脏才不会跳炸了！"他感激地点点头，觉得不管啥时候也都有好心肠的人，他就走动起来，果然心平复了许多。兄弟们比比画画说着什么，大体上是说小瞧他了，说他真是条汉子，他也装听不见。

　　有人喊干活了，王志杰就跟着大伙抄杠抬木头，休息时就独处着休息，这样一天下来，似乎也平安无事。其实在他们干活的时候，周山来过一次，他对王志杰的表现大为震惊，这么一副柔弱的身板咋能支起那么威猛的一副杠！他觉得那是实力，人不可貌相啊！可只有王志杰知道，他自己没有啥实力，他是在拼命！

　　咬牙硬挺的时候，也没觉得肩头怎样，可是一天活儿干下来才发觉情况不妙了，肩膀像火烤，又像刀割，就像有人一刀一刀地割他的肉，还在那血肉模糊的地方撒了一层盐面。那种疼——锥心刺骨。遭罪的还不光是肩膀头子，他那被兄弟们称为蚂蚁腰的细腰，就像被大肚子锯从中锯断了

铁肩

一样。细皮嫩肉的脚丫子活生生被磨出十来个大紫血泡,有几个已经磨破了,血水和着烂皮肉,血淋淋的。没磨破的血泡,鼓胀着,像狰狞的铜铃般的鬼眼恶狠狠瞪着他,火烧一般跳着疼。

小的时候他和妈妈去过乡下姥姥家,那个地方有很多土狼,一到夜晚,那些土狼就鬼一样嗥起来,瘆得人心发毛。王志杰想像狼一样嗥起来,要不然得憋死,疼死!这种痛来得干脆生猛,他真的受不了!冷汗瞬时满头满脸,他故作镇定地挪到帐篷门口,然后冲到远处的林子里,跪在地上,"啊啊——啊啊——嗷嗷"地叫喊着,真如狼嗥一样!

这样大声地叫喊出来,王志杰觉得身上的疼痛好像减轻了一些,他发现自己满头的冷汗像急雨一样灌下来,手里紧紧攥着的一把草被攥出了水。

"咳咳——"

不远处传来几声轻咳,他停止了野兽般的嗥叫,赶紧爬了起来,装作刚解完手正系裤腰带的样子。

"你没事吧?"是一个女人的声音,现在满连队就一个女人,是杏儿。王志杰有些意外,他觉得自己已经跑出去很远很远了,不会有人找到的。

"哦——我——我没事啊——"

"你在干吗?拉屎吗?古今中外,拉屎拉得这么气吞山河的你可算得上是古今中外第一人吧!"

噗!这句话,把疼得要死的王志杰也给整笑了,他心想:这丫头,损人真是一点余地都不留!

又大又圆的月亮就在头顶,杏儿看着王志杰,她的眼睛真好看,和夜空中的星星一样,亮亮的。他躲着她的眼睛,她的眼睛好像能看透他的心。

"把这个吃了吧。"她递给他一把药片。

"这——这是什么?"

"止痛片,吃了吧,吃了会好点!"

"我——我没事——"

"快吃了!"她用命令的口吻说道。他也没看有多少片,一把将药捂进嘴里,她又递过来背壶,他咕咚咕咚喝着水。她想得好周到。他蚊子似地说了声,"谢谢……了。"

"就没见过你这么傻的孩子!"她说。

"你——你——叫我什么?孩子?"他怔怔地望着她,又紧张得磕巴起来,不可思议。

"你很大吗?还拉屎?撒谎撂屁!"她牙尖嘴利,很生气、很理直气壮地挑起眉头。

"我……"

"不知道身体发肤受之父母不敢毁伤的道理啊?你妈妈要是看到你现在这个样子得多难受,不得心疼死!先说明白了,这句是替你父母教训你的!"

王志杰竟无言以对。他挠挠头,脸有些烫,脑袋有些木,不知道作何回应。不知道是药的作用,还是这番话的作用,或者是男人爱面子的心在作怪,烂肩膀竟然不咋疼了。他感激地偷瞄着这个心直口快又热心肠的姑娘。之所以说偷瞄,是因为他压根就不敢正眼和人家对视,刚搭上眼线,就吓得缩了头,比小姑娘还小姑娘。

杏儿还没有鸣金收兵的意思,继续教育他,"你说你一个刚来的,瞎逞啥英雄啊。甭说你没那两下子,就是有,你也得掖着点儿啊!这个这个,你要是干啥啥行,那那些老同志往哪摆呀?像你们这种刚迈出校门的小青年就是爱咋咋呼呼地整动静,生怕别人不认识你。"她的话一气呵成,没有给他容空。他一激动,话都拿不成个儿(说不完整),也就根本插不进话去。等杏儿说够了,他才憋着红脸接招,"我——我——没有啊——没有。"

"还嘴硬?我一个烧火做饭的都听说了,人家让你干点轻巧活儿,可你充好汉,死要面子活受罪!我说你们文化人啥时候能改改这臭毛病啊!装个熊、服个软,让身体少遭点罪不行啊!非把自己折腾得爹妈认不出来就英雄了?像你这种有点小文化的,以后在写写算算上冒冒尖,拎笔头子

咋也比抬大木头轻巧。今天教你这么多人生哲理,真不晓得你小子咋修来的!"杏儿说着说着自己都想笑,故意看王志杰的糗样。王志杰是挺糗的,被说得像个大红萝卜,满脸通红,好在月色虽亮,也看不出脸色大红。

"好吧,你——你——你说得都对——谢谢你,我得回去吃饭了。"他是败下阵来了,实在是对付不了这个人小鬼大,满口净是人生哲理的丫头,他甘拜下风,想溜之大吉。

"你现在回去吃,恐怕连汤都喝不着了。"她依旧泼他的冷水。

"没——事,有窝头就——就成。"

"来吧,跟我来。"杏儿忽然说。

"去哪?"他的表情跟遇到了人拐子差不多,慌得很。

"哪那么多废话呀,让你来就来!"杏儿拉起他的手就走,因为牵得用力太狠,连带着他的烂肩又跳疼起来。好在黑夜里她看不见他龇牙咧嘴的样子。他忍着疼一路走一路说:"这——这——不是你的帐篷吗,我——我——进不合适。"

"是我请你来的,也不是你硬闯的,有什么合不合适的?"杏儿不容分说将人连拽带拉地"请"进了帐篷。

"真——真干净,还有股香——香——味。"

"你说啥?"杏儿听得真真的,黑亮的眸子注视着他,带着美美的笑意。

王志杰发觉失礼,连忙声明,"对——对不起啊,我——我——"

"我啥呀,你说我这帐篷香是吧?嘻嘻,想不到你这小子胆儿还挺大,摸小姑娘手,说小姑娘香,你们文化人鬼点子就是多,一套一套的,嘻嘻!"

"可——可——可不能乱——乱说啊——谁摸——摸——摸——"可把王志杰吓死了,脸色由正红转纸白了,作风问题可不是闹着玩的,那可是一棍子下去就能把人打沉到底的事!他觉着他实在不能待下去了,再不走就是傻了。杏儿多机灵啊,把他的心思看得明镜似的,已然阻断了他的退路,又是拉他坐下,又是变戏法一样变出一大碗菜和几个大窝头。那个香啊,热气腾腾的,王志杰直咽口水,此时的他疼痛消退,饥饿感十足了。

"吃吧,还等着我喂你呀!"杏儿歪着脑袋看他。王志杰怯怯地打量了杏儿一眼,杏儿黑亮的眸子里荡着一池春水,一只斜扎上翘的小辫子更显顽皮。他偷偷看她,被她发现,做贼似地缩回余光,他咽了口唾沫,说了声"真是饿了",就不再矜持了,坐下来猛吃,吃得噎住了还直说"真香"。

"真傻,谁跟你抢啊,慢点吃啊。"杏儿帮他捶背端水,忙得不亦乐乎。

"你这磕巴是天生的还是后来养成的?"

"噗!"他刚喝的一口水喷出来。

"对不起,"杏儿尴尬地嘻嘻一笑,又赶忙给他捶背,"我可不是有意羞辱你,人都说瘸子面前不说短话,我听我妈说,下雨打雷的时候,趁不注意的时候抽一耳光,磕巴的人就不磕巴了。"她的眼里闪着光,说得跟真事似的。

"你妈可真逗,可——可也没准儿,人都说偏方治怪病,我觉得我可以试试,等打雷的时候,你就抽我一嘴巴。"

"扑哧——"杏儿笑出声,"真的假的?"

"当然是真的了,你要是真把我治好了,我得好好感谢你。"

"怎么感谢啊?是以身相许还是来世当牛做马呀,嘻嘻!"杏儿捂嘴笑。

王志杰又险些喷出饭来。

"我知道你想笑,东北姑娘傻是吧?说话就不会羞羞答答的,还是你们南方人文静。哎,你是南方人吗?"

"我啊?咱俩一样,我是地道的北方人,你听我说话跟你们一样的。"

"你咋跑这来了?我看你像个大学生,你跟这些人不一样,一看你就是有文化的,你的文化都深藏不露,你露的都不是你的真东西。"

"你——你这个小姑娘还会相面啊?"他的脸有些烫,无法答话,便狠呆呆地使劲吃东西。

"好好,你不愿意说,我也不勉强。"

看来他真的是饿了,三下五除二光盘了。

"真不知道怎么感谢你,杏儿,谢谢你给我留好吃的。"

"哎、哎、哎!"杏儿立起秀眉,"你这一句话可说错了好几个地方。第

一,你以为这是给你留的菜?美得你,你哪有这待遇啊!这是给连长留的,连长没吃完,你是捡剩,哼!"杏儿嘟嘴撇他,"这第二,你管我叫什么?叫杏儿?怎么没大没小的,这杏儿也是你随便叫的,应该叫杏儿姐姐!"

"噗——"王志杰笑了,笑得又喷了一口水。

"你啥情况啊?笑啥笑,哪不对了?"

"没——没啥,就是吧,就是觉得好像,好像你应该没我大,我二十二,你呢?"

"是吗?"杏儿的眼珠一转,"其实,这跟活多久有啥关系?在山场干活,那是论资排辈的,我比你来得早,要从辈分论,那也是你师姐,所以,你得管我叫杏儿姐姐。"

"那这样好了,我还是叫你李山杏吧,李山杏同志!"

"那好吧,还是叫李山杏同志好!"杏儿说完话,有些失落。

"噗——"王志杰又忍俊不禁。

"王志杰,你这个同志咋回事?咋总是这么不厚道地嘲笑人呢?你得交代,笑啥呢?"

"没——没笑什么啊——我就是觉得你这个人挺幽默的。"

"哼!你直接说我没心眼子,傻了吧唧不更直接。"

"我可没说啊,再次谢谢你,我得睡觉去了。"说着话人已经到了帐门。

"站住!"

王志杰一怔,"还有什么事?"

"就这么吃完走了?"

王志杰不明就里地嗯了一声,有些惶恐。

"瞧你那胆儿,我能吃了你不成?"

他笑,露出一口白白的牙齿,手又没地方放了。一会摸摸头,一会扶扶眼镜,重复这几个动作。

"把衣服脱了吧!"

"啊——"王志杰差点一个趔趄倒地,幸好有门挡着。

"啊啥,思想不健康。"杏儿嗔怪地说,"你的伤口和衣服都黏一块了,今晚如果不脱下来，那明天就化脓了。"

王志杰也知道，但在这儿脱衣弄伤口太不合适了，他紧紧攥着衣服，生怕杏儿会乱来一样。

"快脱呀，这儿又没别人，干这个我是拜过师的。你忍着点儿，我给你把衣服弄下来。"

"我——我——自己可以弄。"

"你自己还可以飞呢，快脱，这是命令。"

"什——什么命令？"

"连长说过，也就是我干爹说过，李山杏同志关键的时候也能顶个赤脚医生。现在，我就行使连长赋予我的权力。你现在是我的病人，所以必须听从我这个赤脚医生的安排。"

"我——我——"

"你一个大男人咋那么婆婆妈妈，好好，我发誓，我绝不对你有非分之想，这下行了吧，嘻嘻！"她总憋不住乐。

王志杰是真拗不过她，总不能跟她对峙到天亮，就脱了外衣。内衣的肩处血色一片，和皮肉粘在了一起，伤得确实很重。杏儿就那么看着，眼睛慢慢变得红红的。她用清水帮他洇，他疼得直咧嘴，她的手有些抖。

"没事，我喊我的，你弄你的。"

"你以为我会手下留情，充英雄的时候就该想到得遭这样的罪！"口气很硬，手上却轻轻地，像抽丝剥茧一样用纱布浸着清水沾伤处，等水一点点洇透，再揭一点儿，就这样一点一点终于将衣服与伤口分离。

她的眼睛红红的，眼眶里有亮晶晶的液体在滚动，他似感觉到了什么，想回头瞅她。她吓住他，"别动，没让你动，不许回头！"她很厉害，他无条件服从。

她帮他清洗伤口，一盆一盆换着清水，她很仔细，很小心，鼻尖沁着汗。她紧紧地挨着他，他感觉得到她温暖清香和柔软富有弹性的身体，那种少女的体香一股脑地扑面而来。这种感觉是如此的美妙和幸福，他的心不由控制地怦怦狂跳着，抬"大五〇"原条时，心跳也不过如此。这是咋

了？他的脸烫得像帐篷里的大火炉，他不停地吞咽着口水，浑身烫热，紧张得汗水也从身体四面八方涌出来，弄得身体湿淋淋的。他在心里暗暗地怨自己："好没出息啊，人家在帮你弄伤口，你在干吗？这么善良纯洁的丫头，像露珠一样晶莹纯洁！"越是自责越是紧张，越想偷偷地看她，越想偷偷地靠她更近，她挨近他时，他的身体就像触电一样痉挛……

王志杰竟忽然觉得，这点伤痛是多么的值得！如果能一直这样紧紧地挨着她，嗅着她芬芳的体香，感触着她温暖细致的抚慰，再严重的伤，哪怕是死，也愿意。心里这么想，嘴角竟然抿出一抹窃喜的笑。

"还笑得出来？"杏儿的声儿变得颤颤巍巍，"流了好多血——你知道吗？"她的手愈发抖得厉害，声音更颤，"一会儿我给你拿些红糖，回去沏水喝了，补补血，听见了吗？"

一种心疼的声音，他再傻也听得出，再木也感受得到。

杏儿把一瓶云南白药都铺在了伤口上。他很疼，可是他不再发出一点儿声音，他发现他的每一声痛叫，伤害的都是杏儿，所以他得忍着。和有杏儿照料的幸福相比，这点痛多么微不足道！

"疼不疼啊？"杏儿哽咽，"疼你就喊出来，没事的，我也不笑话你？"

"真的不疼，我的血多，你看我，浑身还热血沸腾地冒汗呢！我不喜欢喝糖水，腻腻的，不好喝。我一个大男人出点血没事的，你的那一碗肉菜就全补过来了，呵呵。"他想着法地安慰她。

一台"大手术"终于完成了，杏儿累得也是满身香汗，有种虚脱的感觉，脸色苍白。她去取出红糖，有一斤多，全塞给了王志杰，"让你拿就拿着，啰唆什么，这是借你的，有了再还给我。"

那边连长的办公帐里也挺热闹。隋友文一头汗水地跑去报告，"连长，那个新来的大半夜地跑杏儿帐篷去了，您知道吗？"

"哪个新来的？你把话说清楚！"

"连长，就是那个新来的'四眼'啊，叫——叫啥，那个，你看我这一急叫不上名字来了。"

"这怎么可能？"周山都躺下了，又坐起来，递了支烟给隋友文，"大惊小怪的，天塌不下来，咱还以为是啥事呢。”

“连长，您还这么稳如泰山呢，千真万确，咱们得赶紧救人去，晚了可就啥都晚了。”隋友文的汗珠子连成了线。

“友文——”周山笑了笑，“你在乱说啥呢？整得跟真事似的。难不成咱这连里来敌特分子了，要是真来了敌特分子还真好了，咱这身本事还真有施展的地方了。先坐，消消汗。”

“连长，这种事我咋能乱开玩笑，我瞅得真真切切，那小子钻进杏儿的帐篷，我还听见帐篷里传出杏儿哭哭啼啼的声音。”

“你真是越说越离谱了，要是真那样，你为啥不进去看个究竟！”周山火了，被他那句哭哭啼啼激怒了，他和衣穿鞋，径直往外冲，“隋友文，杏儿要真有个好歹，咱第一个饶不了你！你还是不是个带把儿的男人，咋不冲进去看看到底咋回事！”他几大步就窜出去，跑向杏儿的帐篷。

“连长，你等等我，我这不是急着向你汇报吗，连长——”

“汇报个屁，百无一用是书生，这话老祖宗传下来的，一点儿没错！都啥时候了，还整那些没用的，也不分个轻重缓急！”

隋友文的脸加脑袋越发滚烫，自打进了连队，好像连长还没对自己发过火，这之前全是表扬加称赞，习惯了这些，再听这些逆耳的训斥，咋这么扎心，“都怪‘四眼’那个混蛋！我饶不了他！”隋友文的心里发着狠！

周山赶到时，王志杰也正从杏儿的帐篷里出来，手里捧着那袋红糖，紧紧地，像捧着一颗心。借着明亮月光看清来人，王志杰一惊，下意识地叫了声连长。周山走得急，气喘如牛，胸口里裹着一团怒火来的，王志杰感觉得到，这让他如惊弓之鸟，眼神恍惚。

“王志杰，你真的在这儿！说，为啥在杏儿的帐篷里！”周山强压着怒火，心里说着镇定，但语气还是过于强硬，像是在审特务，很吓人。

“连长，我……我……”王志杰又磕巴上了。

“干爹，是我叫他进来的，帐篷被大风吹得有点斜，我弄不动，让他帮帮忙。”杏儿也跟着出来，一边接话解释，还故意噘嘴生气，“干爹，你不会这么小气吧，用用你的兵不行啊？嘻嘻。”她上去摇着周山的胳膊，调皮地

向他眨巴眼睛,撒娇。

周山一看,杏儿啥事也没有啊,就马上换了个脸,口气缓和下来,"他一个伤肩膀,你咋不叫个好人呢。"

隋友文嘴撇得老高,气囊囊嘀咕一句,"糊弄鬼呢!"

周山看着王志杰,关切地问了句"肩膀没大事吧?咋样,还扛得住吧?"

"连长,扛得住!"

"呵呵,你小子,挺有种!"又回头瞅杏儿,"杏儿,是帮他弄伤口了吧,干爹也该出徒了,你做了好事咋还掖着藏着,直说不就完了!"

"嘻嘻,干爹,他肩膀都烂了。毛主席说了,要救死扶伤!都是革命同志,不能见死不救,我还有云南白药,就帮他上药了。"

"哈哈!咱的丫头好样的,那就实话实说嘛,免得大家误会!"

"连长!"隋友文急了,"这深更半夜的,孤男寡女独处一室,这,这总是不太好吧。"

"友文,你说话得注意用语,杏儿也算是我这个赤脚医生连长的徒弟了,人家帮革命同志疗疗伤,没啥大不了的,就别上纲上线了。这一点,你得学学杏儿,王志杰是你的手下,按理说,应该你关心才是,你没做到的人家杏儿替你做了,你得感谢人家哩。"隋友文眼睛都长了,气鼓鼓的却没办法。周山又说:"友文说得也不是没有道理,虽然都是革命同志,但也应该有分寸,再叫个帮手跟你一起弄嘛,你一个小姑娘家家的,也是不太好,是不是?"

"干爹,我记下了,嘻嘻,赶明儿,我还帮您捶肩啊。"

"呵呵。你的孝心干爹领了,你天天做饭烧火的够忙的了,早点歇了吧,明儿还得早起做饭呢。"

"全听干爹的,嘻嘻。"

"连长,你看她,也没个认真的态度,您得让她表态,下不为例才是。"隋友文急得直搓手,心里的火一点儿也没消,越看王志杰越来气。今晚应该最少是一场"批斗大会"啊!咋就这么风吹水皮地完事了?

"呀！嘻嘻!"杏儿做个鬼脸,"我困了,干爹我睡觉去了,谁也不要进来了,我脱衣服了。"

周山呵呵一乐,"这鬼丫头。"见隋友文还气嘟嘟地不走,整他一句,"走吧,咋地,你还想给杏儿当门神不成?"

隋友文皮笑肉不笑地说:"连长您真能开玩笑。"又边走边向杏儿喊话"杏儿,风大,把帐篷门顶结实点儿才行,听着没杏儿?这山里头啥野兽都有,得防着点儿,听到没?"停了停,又不放心地回头朝杏儿喊了一句,"听到没杏儿,没跟你开玩笑,小野兽真多!"

杏儿扑哧乐了,小声乐,朝王志杰眯眯眼,说了句:"小野兽。"王志杰没听清,脑袋还在发懵,傻傻地问了句:"你说啥?"

杏儿一面回隋友文的话,"听到了隋秘书,谢谢关心,我保证把门顶得严严实实的,啥小野兽也进不来,嘻嘻!"一面捂着嘴,让笑声淡化在嘴边。

听见杏儿有了回音,隋友文一脸的乌云才消散,呵呵一笑,跟连长絮叨,"这杏儿,就是小屁孩儿一个,太天真,太无邪,容易让人钻空子,看来我真得多帮助帮助她。我对杏儿关心得不够,您对我也说过这句话,我全接受。以前,我把心思全放在工作上,这是我的不对,以后,我得一心两用,我得多关心杏儿,这孩子就是太善良了,太善良……"

三

　　周山给王志杰放了病假,让他恢复好身体再出工。

　　第二天,毫无征兆地下起大雨,这让独自在帐篷休养的王志杰为兄弟们捏了一把汗。早上还是晴空万里,到了上午十点的时候就大雨倾盆了,老话讲:六月的天,孩子的脸,都是说变就变。山里的天,变得那叫个快。

　　轰隆隆——

　　咔嚓嚓——

　　电闪雷鸣,大雨倾盆。

　　早上出工的兄弟们没有穿雨衣,有的作业点有些塑料布啥的,有的干脆啥都没有,下大雨还不能去大树下躲雨,这是常识,所以可想而知,兄弟们得遭多大的罪。

　　杏儿急得直掉眼泪,他担心连长啊,还做啥饭啊,穿上雨衣,捧着一堆雨衣就要向山里冲。王志杰拽住她,让她冷静点。杏儿瞪着眼睛朝他凶:"这要是你干爹在山里被大雨浇着,你冷静得了吗?"

　　王志杰不跟她喊,和她讲理,"这雨多大你看见了,你一出了这个帐篷,分得清东南西北吗?只怕你没见着干爹就得丢了,大伙又要去找你!"

　　杏儿瞪着眼睛,忽然就哭了,"那可咋办? 呜呜——干爹,你咋样了? 呜呜——我总不能等着干爹被大雨浇死吧,呜呜——"

杏儿哭的时候,王志杰穿好了雨衣,夺过她手里的一摞雨衣冲进大雨里。她拽住了他,"你的伤还没好,不能再淋雨!"

王志杰皱着眉头,抬头看了看漏了一般的天,雨水瞬间盖住了他的脸,雨从他的脸上淌下来,像瀑布,他提高了嗓门说:"我没事的,我穿着雨衣浇不着,我去找连长和兄弟们,救一个算一个吧。"他挣脱了杏儿的手,冲进雨幕里,不一会儿就看不见踪影。脚下无比的湿滑,大雨封住了王志杰的视线,他被雨浇得喘不过气来,感觉走几步都那样艰难。手里成摞的雨衣被大雨浇湿,越来越重,他踉跄着,不一会儿跌了三个跟头。雨水灌进内衣里,伤口被水一浸,疼痛如电般蹿遍全身。顾不了那么多了,爬起来,还得向前走,又一个趔趄,幸好被啥给接住了,定睛一看,喊出声来,"杏儿,咋是你?你咋来了?"

"人多力量大,我们一起进山去。"雨太大了,只能喊着说,要不根本听不见。

"胡闹!你赶紧回去,我自己就行,不然我还得照顾你!"王志杰喊得没了力气,低着头大口喘气,雨水顺着下巴飞奔。

"不要再争了,你一个人根本不行,把东西分给我一半。"杏儿扯着嗓子喊话,不容分说,抢过来一摞雨衣。

哗哗哗哗——

大雨下成了一道雨墙……

他俩相互搀扶,一步,两步,步履艰难,终于碰到了人,碰到了兄弟们,兄弟们顾不上感动,传递着雨衣,又相互搀扶着往大帐走……

人基本齐了。连长从风雨里钻进大帐,连打了十来个喷嚏,骂了句"奶奶的"。兄弟们笑着嬉闹。杏儿的头发上不住地往下淌水也顾不上擦,慌忙给连长擦拭满头满脸的雨水。帐内的炉子架起旺旺的火,兄弟们脱了外衣,晾衣烘身。

这当口儿,帐门忽然撞开,三个人带着一身雨水冲进来,有人赶紧扶住他们。为首的是开"爬山虎"(苏联产的T-40型集材拖拉机)的司机师傅赵得安,他开"爬山虎",兄弟们就给他起个赵老虎的外号。他是司机,

又是机械组的组长，摆弄这头钢铁巨兽并不容易，他却能开能修，这对于一个只有小学文化的人来说是个奇迹。其实，周山让他摆弄这台"铁老虎"，是最恰当不过的，他本身就是转业兵，在部队就是个坦克兵，在他的眼里，"爬山虎"就是一个少了炮筒子的坦克，虽然略有差别，但对于常摆弄机械的人来说并不在话下，只是熟悉几天便驾驭了这台"铁老虎"，简直得心应手。他身后的两个人是机械组的两个组员，是负责给"爬山虎"捆木的兄弟，当然他们也得到了赵老虎的真传，也是开"爬山虎"的司机师傅。他们三个人轮换着开车和捆木。只差这三个人，这下人齐全了，连长的心落了地。

"连长……不……不好了……"赵老虎牙齿直打架，眼神慌乱地盯着周山。

"咋了？慢慢说兄弟。"周山扶他坐下，给他擦掉头上的雨珠。

"连长……'爬山虎'……灭火了……陷在老虎涧的稀泥塘了，雨太大了，开不出来。赵老虎声音嘶哑，眼睛也红红的，带着泣声。今天赵老虎的形象与平日里天不怕地不怕的硬汉样子天壤之别，周山明白，他这是真碰到难事儿了！"

老虎涧，并不是随便起的地名，是因为很多人在那个地方看到过野生东北虎，包括连队的兄弟们。1958年，周山他们那批转业兵开赴过来的时候，三天两头就能在林子里看到野生东北虎。动物都是怕人的，人太多，老虎自然就远远走开，后来"爬山虎"、油锯这些"大嗓门"的家伙在林子里见天地吼，老虎就见不着了。

周山笑着开导他，"咱当啥事，人没事就成，铁疙瘩出事是小事，嘿嘿。"

周山在思忖着办法，他看似轻轻地一说，其实深知那团铁疙瘩的分量和金贵，那个铁疙瘩是原子弹一样的撒手锏，是连队的"柱石重器"。对于赵老虎来说，那个铁疙瘩就是他上阵杀敌的"武器"，是他身体的一部分，是他的命，甚至比他的命还重要！

周山心里早盘算明白了，无论如何得把"爬山虎"弄出来，必须弄出来,还得指它干活出材呢。

"连长,得把'爬山虎'弄出来,等山上的洪水下来,淹没了'爬山虎',那这台'金疙瘩'就彻底报废了。"赵老虎的嗓子哑得声音好像只在嗓子里蠕动,这是一股急火攻心了。

兄弟们说着劝慰的话,自发地将脱下的湿衣鞋又穿上,将目光投向连长。

周山站了起来,声音洪亮,"全体听咱命令,除了杏儿和王志杰,其余的人全跟咱上老虎洞,咱就是抬,也得把这个'金疙瘩'抬出来!"

说话间大雨停了,天也放了大亮,似乎那场大雨是个梦,山里的天,无法琢磨。

两分钟之内,所有人已经冲出了大帐。

王志杰也重新穿了件干的衣服,尾随着冲出大帐。

"干爹不是说了吗,让你在大帐等着!"杏儿朝王志杰的背影喊。

"多一个人多一份力呀,我得去!"他笑着回头说。

"干爹的话就是命令!"杏儿撵出去几步,朝他喊话。

"将在外,君命有所不受!"说完这句,他就跑没影了。

"你说啥,到底说的啥,啥受?"

"爬山虎"的一半已经陷进稀泥塘里了,得争分夺秒把它抢救出来。山里的事物就是这么奇怪,山洪并不会因为大雨停止而停止下泄,相反,在大雨停止后的几个小时内,山洪在积聚力量,汇千百万雨水,汇千百万条溪流于一身,养精蓄锐将以一次集中的规模咆哮而下,吞噬低洼之处的一切。

此刻的"爬山虎"就陷在老虎洞最低洼的地方,天知道山洪下来以后这个"金疙瘩"会被冲到哪里,还能不能找得到。所以最要紧的就是在这几个时辰内,将它弄出来。

连里如果有第两台"爬山虎",那拖拽出陷在稀泥塘里的"爬山虎"并不是问题,但问题是,连里只有这一台,剩下的只有百十号兄弟的血肉之力!

　　周山命人放了几棵小树,搭成架子,人顺着架子过去,将三股棕绳牢牢拴在"爬山虎"身上,百十号兄弟分成三股力量一起用劲往外背拉棕绳。

　　百十号人的力量加起来不可小觑,但背拽了半天,"爬山虎"挪动了不到半米,人却累得几乎要吐血。如果要将它弄出稀泥塘,至少得拖拽二十米的距离,照这个速度,没等到两米呢,山洪也就到了。

　　周山气喘如牛,瞪着豹眼,心急如焚。

　　隋友文冲到连长的面前,"连长,咱这么个拽法是用死劲,能累死人,得换个拽法。"

　　"能换出个啥花样出来?"连长有些火气,语气很重。

　　"连长,咱重新来一次,让兄弟们把抬杠号子喊起来,准成!"

　　"抬杠号子?你把背大绳当抬大木头了?"周山的眼珠子快贴到隋友文脸上去了。说着话周山也乐上了,扯着嗓门喊,"对啊,还是你小子有门道!来,兄弟们,背起你们的大绳,把你们的大绳当成一副杠,给咱把抬杠号子喊起来,给咱把劲使到一处去,听到没有!喊前四个字的时候把棕绳给咱背得紧紧的,喊'嗨哟'的时候,给咱把吃奶的劲用出来,这么一松一紧,把'爬山虎'给咱弄出来!"

　　周山起头,抬杠号子就吼起来:

　　　　哈腰挂呀——嗨哟——

　　　　走起来了——嗨哟——

　　　　挺起腰啊——嗨哟——

　　　　向前走啊——嗨哟——

　　　　脚下看呢——嗨哟——

　　　　杠要稳啊——嗨哟——

　　　　就要到了——嗨哟——

　　　　坚持住啊——嗨哟——

　　　　莫松手啊——嗨哟——

　　　　上大跳了——嗨哟——

坚持住啊——嗨哟——

就要到了——嗨哟——

吃白馍呀——嗨哟——

吃肥肉呀——嗨哟——

人心齐，泰山移，这么整齐划一的号子喊出了气势，更喊出了力道，一步一前进，居然用短短二十分钟就硬将"爬山虎"从烂泥塘背拽了出来。

赵老虎美得乐出了大鼻涕泡，激动得抱着连长亲，"连长，你知道我现在最想干哈吗？我现在就想大吼一嗓门——毛主席万岁！"

周山笑了，兄弟们也笑了，周山佯怒，"光想有啥用，没用的东西，就会哭鼻子，来，兄弟们听咱号令，我数一二三，兄弟们高呼毛主席万岁！一，二，三——喊！"

"毛主席——万岁——"这一声挟雷裹电，震颤山河。

折腾了大半天，还被那么大的雨浇得透心凉，居然没有一个兄弟感冒，这不得不说是个奇迹。兄弟们总结起来：这都是杏儿给煮的姜汤水好，杏儿功劳第一！

这么在大帐里待了两天，王志杰实在憋闷得不行，他想利用休息的这几天熟悉各道生产工序，他的想法得到连长的赞许，周山说："正好闲着没事，陪你走一圈。"

刚来的时候，并没有在意啥风景，这一闲下来才发觉，原始森林美得让人窒息，尤其是大雨洗后的山林，到处是苍翠欲滴。站在山巅放眼苍茫林海，粉的、白的、黄的、紫的、蓝的、红的各色野花铺满山山岭岭、沟沟岔岔，延向无边的溪流。大岭日出，更是万道金光刺破云霞。登高一呼，才叹山河壮丽，一览众山小！

景致虽美，但他的心并不能安于景色，连长的话一直在耳边萦绕："在山场，并不是能拿得起一样活儿就万事大吉了，不一定啥活儿都精，但要啥活儿都会干，哪儿缺人顶哪儿！"

不管咋说，王志杰的身子单薄了些，周山有意让他干点轻巧活儿，让

他试开过几回"爬山虎",这毕竟是机械在干活,人坐在里面摆弄,不需要出啥大力。可是王志杰对机械很不感冒,车里面除了方向盘就那几个铁销销,他愣是弄得顾了头顾不了腔,满脑袋大汗不说,路有八米宽他不走,还一个劲头地开着车往大树上撞,撞得"爬山虎"前脸"龇牙咧嘴",周山心疼得蹲在地上吧嗒吧嗒掉汗珠子,不忍直视。周山对他算是照顾得很了,别的生手谁敢私自鼓捣"爬山虎",会被骂死。比周山还心疼的是赵老虎,周山下的令,他不敢说啥,在心里,他把"爬山虎"看得比媳妇都金贵,不是机械组的人是不能乱碰的,眼见王志杰将他的宝贝弄得遍体鳞伤,赵老虎实在忍不下去了,"连长,求您了,让他下来吧,您再让他开,就让他先把我压死得了,我也眼不见心不烦! 您看看这是练车吗? 这是在拆除,是在爆破啊!"机器轰鸣,他的话王志杰当然听不见,虽然听不见,看表情也知道发生了啥事。

其实王志杰的心里压根就不想摆弄那团铁,连长盛情,他不好直接拒绝,只得上去装装样子摆弄几下。他清楚自己驾驭不了,开车难的不在开上,难的是修。一个司机师傅,你得懂你的机器,就像医生懂他的病人一样,他发热了,咳嗽了,手麻了,你得知道是哪的毛病,得药到病除,手到擒来。王志杰本想装装样子摆弄几下,哪承想那团铁那么不老实、不听话,横冲直撞,哪棵树大往哪棵树上撞,大树被撞得断枝如雨不说,他鼻梁上的眼镜也让震得脱离"轨道",害他摸了半天才摸到。周山让人手把手教他,自己还在车下比画着,可越比画王志杰似乎越懵,不偏不倚向另一棵大树撞去……

王志杰满脸惭愧,不过周山却没有深说他,甚至还鼓励他再练练,他坚决谢绝了连长的好意,至此再也没碰过机器一手指。

一路上连长教他不少知识,他频频点头。周山说,"在山场作业点作业,兄弟们说的都是行话,行话亲切好理解,你得懂。比如站杆,就是指站着的死枯树;红糖包,就是指内部已经腐朽的木头;摊煎饼,就是木材刚进楞场,还没归楞,散放一地的意思;打丫子,就是用大斧把的枝丫砍掉;上楞,就是把大木头归成整齐的垛。很多,你慢慢就全通了。"

周山接着说，"单说放树，这里面学问就大得很，不管是大斧放树、手锯放树还是油锯放树，都是有很多说道和技巧的。比如，你想让树往哪个方向倒，那就得往哪个方向倒，这是咱放树人必须做到的，决不能含糊。虽然有支杆没错，但支杆只是给放树上了最后一道保险！哪怕是没有支杆的，树倒的方位也不能错出三度角！放树，要先砍树的倒向方位，稍向下一些，术语叫砍下磕，等吃深超过一半时就停斧，然后砍树的背面，叫砍上磕，等到吃深到一半的时候，上下磕之间形成的轴支撑失衡，大树就齐刷儿地倒向要倒的方位。放树的方位你得选好了，要有利于马套子和爬山虎拖拽，还要避开一些大树，防止搭挂（一棵放断的树搭在另一个没有放倒的树上，这是最危险的），一旦搭挂，就不好弄下来了。你也看到了，咱这的树随便砍一棵都比腰粗，一旦搭死，几个人是很难推动的。如果'爬山虎'在，就让它牵一下，可是如果它不在附近，或者它没有作业面，那只能人为地处理了，所以常常得冒着危险再去放那棵被搭挂的树，这也是没有办法的办法。再去放被搭挂的树，非得是老手不可，新手掌握不了火候，容易被压擦的树给拍着，就是被一根树权扫到，那也是要命的！咱这一棵大树咋也有二三十米高，倒地的时候多远处都感觉得到大地的震颤，所以放树真是不简单哩。"王志杰听得心惊肉跳，在心底更佩服连队的兄弟们！

周山指着远处的作业点说，"你听见了吧，他喊的啥号子？"

"顺山倒喽！是吧，连长？"

"没错！咱这放树，得喊顺山倒的号子，这是规矩，咱得让山神听见，这不是迷信，咱觉着这是敬天敬地敬山神的心。你想，这满山的树，是谁栽谁种的，不是咱吧？是老天爷，是地公公，咱连声招呼也不打，上山就放树，这说不过去。其实咱喊着号子，最主要是为了让干活儿的兄弟们听见，提醒他们别被大树拍着！你的伤儿咋样了？"王志杰听得正来劲，忽然连长这么关心地一问，心暖得不得了，有些手足无措，看似粗枝大叶的周山，其实心思比针还细，让他很是敬佩，他赶紧回了句，"没事了，连长，谢谢您关心！"

039

周山一笑，"你的小肩没伤着吧？"

王志杰一愣。

周山说："就是左肩，咱管抬杠的右肩叫大肩，抬杠的左肩叫小肩，那天咱看你一直用右肩，左肩咋样？"

王志杰嘿嘿地挠头笑着回答："是的连长，我只用了右肩，左肩没试过。"

"可以适当练练小肩，光用一个肩吃亏，容易把膀子压斜歪了。咱这抬杠的兄弟都会用两肩，抬重点的用大肩，抬轻点的用小肩，这个因人而异，你练练看，但你得知道，大肩压肺，小肩压心，初练都悠着些，别压坏了。"

王志杰如拨云见雾，连长的话让他开悟不少，他感激地又用力点点头，"连长，我记下了，谢谢你教我这么多知识。"周山和他并排坐在一处横倒木上小憩，接着拉话，有意无意间教他一些知识，"抬杠有大小肩之分，抬杠走路也有先后之分，抬杠走起时用大肩的人第一步迈右脚，用小肩的人迈左脚，这样大木头自然可以悠起来，借着悠力抬杠，人就轻巧不少，我观察了你几次，看你走杠的步伐比较凌乱，没有章法，这样抬杠别着劲，不但你累，大家都跟着你累，以后得改改。"

听到这，王志杰的脸有些热烫了，原来如此，自己一直用的是大肩，小广安还有别的兄弟一直让他先迈右脚，他还挺不理解，嗔怪兄弟们多事，脚长在自己身上，先迈哪一只又有啥关系？难道先迈哪一只脚，大木头还能轻二斤？他就像一个愣头青玩扑克一样乱出牌，你让我先出右脚，我偏不，别着劲，闹着情绪，反正不合自己心思，和自己不合拍的，他就是不配合。听连长今天这么一说，他才知道抬大木头的门道是如此之多，错怪了兄弟们的好意，无形中拖累了大家，深深地长出气，剜心般地自责。

周山轻轻地拍了拍他的左肩，"咱这里的兄弟都是大老粗，说话做事都直来直去的，又臭又硬，所以你得适应，别当回事儿，其实人都不坏。你们那个隋组长算个例外，他是个大学漏子，有文化的知青，心高气傲，可是有脑瓜，干工作没得说，算我的得力助手，昨晚的事，你也别往心里去。"

连长这一通儿推心置腹的话温暖了王志杰的心，没想到连长是如此的平易近人，他的心里有些小激动，说话又有些磕磕巴巴了，"连连——连长——你们对我都——都很好——像亲——人——我不知道怎么感谢——连长您对我更是有恩！"

周山摆摆手，"你们文化人都有这个毛病，一天到晚穷酸，哈哈——咱哪有那本事，咱只能让你抬大木头，算啥恩！"

"连长——这——这就是——恩！"王志杰很激动，热血燃红了脸庞。

周山看着他，他的眼里有不可捉摸的迷雾，很想问问他的来龙去脉，但欲言又止，不想难为别人，到嘴边的话，又咽了回去，只说："那好，等好了，就好好干！不过切记，心急吃不了热豆腐，啥事都得慢慢来。"最后这句说得语重心长，似有所指，可惜王志杰领悟力还没有那么高。

王志杰热血涌起，"连长，让我出工吧，我的大肩伤了，小肩可没事儿，就练练小肩。"

周山佯怒地提高了嗓门斜睨了他一眼，"咱刚跟你说完，心急吃不了热豆腐，马上就上眼药是咋地？活儿有的是，你还怕累不着你？"

王志杰脸更红起来，蚊子叫似的回了句，"我错了连长。"

周山早觉察出这个人脸儿小，所以响鼓不用重锤，对他说话声音小很多，粗话基本不说，这要是换了和别的兄弟说话，早就出口成"脏"了。在周山心里早就把他和隋友文归为一类了，都有点小文化，这些人的共同特点是理想光芒万丈，身子单薄，一心想为革命建功立业，所以表现欲也特别强。这其实是好事，人嘛，就该有上进心，可是万事都是这样，过犹不及，不能太过，过了，反倒让人反感。他的话里话外就是在收敛王志杰的锋芒。就王志杰的小身板，能坚持下去已经不错了，论抬杠，他那是一出一猛的撅劲儿，实际上说难听点儿，他抬杠都赶不上个好老娘们儿。隔壁连队有一支女子抬杠组，一共六个人，那可是真正的巾帼不让须眉！多粗的原条，人家六个人杠一穿，掐钩一掐，哈腰就起来，上大跳也是如履平地，还有说有笑。有些毛小子刚开始还瞧不起女人，和其中的一个女人一副杠，连嘲笑带讽刺，那个女人也不生气，表面波澜不惊的，等几个人抬着"大五〇"上了大跳，女人在

大跳上忽然停了脚,所有人惊心着,以为她是抬不动了,要扔杠。没想到女人说,鞋里进沙子了,说着话,单腿支撑,另一只脚抬起来,不急不慌地单手倒鞋里的沙子,气息稳似泰山。这个时候,后面的几个男人已经汗珠掉八瓣了。抬过杠的人都知道,杠悠起来还不觉着沉,但要静止不动,那就是抬死杠,杠压在肩上死沉,这种死沉真能要了人的命!见识了女人的真功夫真实力,压得驴脸淌汗的轻狂老爷们儿挺不住了,在后面直喊,"姑奶奶,我快受不了了,我服您了!您赶紧高抬贵脚吧。"

这是周山的亲身经历,对这样的女人,连他也佩服得五体投地。周山觉得,不要和能吃苦耐劳的女人叫号,敢和你叫号的女人也都不是一般人!就拿喝酒这件小事来说吧,哪个人不会喝啊,有嘴就会喝。有的男人不怀好心眼子,见桌上有漂亮女人吃饭,就想拿酒灌人家,人家说不喜欢喝酒也不会喝,不识趣的男人往往是更加不识趣,以为女的真不行,好欺负,就往死里逼人家喝。那女的见这人也不识趣啊,给鼻子上脸啊,就勉为其难地说,"一个女人家的,真不会喝酒,那就当水喝吧。"

咕咚咕咚倒了一大茶缸子酒,少说也得有一斤,眼不眨眉不皱地一口气就干了,干得脸不红心不跳,人家干了,就和颜悦色地看着你,看你干不干!男的傻眼了,但也不能装熊蛋包呀,咕咚咕咚也倒了一茶缸,似乎还照人家倒的杠杠少一韭菜叶,人家女的也不跟他计较,男的运了运气,使出吃奶的劲儿将一茶缸酒也干了,酒也喝完了,人也变成"泥"了,一出溜,就钻桌子底下去了。这也是他亲身经历的事。他总结,人都有所长,有的人愿意表现出来,有的人则深藏不露,所以一般的时候不要故意挑衅,很可能是你觉得对方十分弱小,其实是你肉眼凡胎!

周山自有识人之术,看王志杰眼镜的度数就能衡量出他笔杆子的硬度,这种人早晚得从文,早晚得归于仕途,而且将来的成就和职位肯定是步步登高,要远超大老粗的自己。这点连长并不糊涂,要知人善用,这是一个领导应该做的,虽然自己这个领导是个芝麻绿豆官,但也不该埋没掉人才。周山认为,隋友文就是个人才,除了出大力不如自己,笔杆子上的事远超自己,脑袋也活泛,这样的人将来必定有更好的前程,将来也会走上更适合的岗位,所以他早就不动声色地向上级推荐了他。他护犊子,但并不想埋没人才,让一个才子在自己的帐下窝一辈子,那不是他想要的。人应该在适合自己的地方和位置发光发热,这是连长的真实想法。王志杰的到来,让他看到了第二个隋友文,甚至隐约感觉他的才华远超隋友文,这个王志杰似乎属于大智若愚型,故意装傻充愣,故意将自己弄得死去活来,这里面似乎有很大的隐情,当然他并不确定,完全是一种直觉。

连长给的温暖再一次拨动了王志杰的心弦,他差点淌下热泪。他想出工,并不是想出什么风头,他想让自己忙碌起来,这样他才不会胡思乱想,他才好受一些。

不觉走到了楞场,小广安吆五喝六地正干得来劲儿,发觉连长来了,忙嬉笑着打招呼,还不忘调侃一下王志杰,一口浓重的广安川味迎面扑来,"嘿,你个背时的娃儿纳闷一天都来不起了啊,你倒是雄起撒!"

王志杰没啥表情。周山直奔小广安扯个喇叭嗓门喊:"你个小耗子,咱还没跟你算账呢,你是真行啊!他一个刚来的知青,一阵风能吹个跟头儿,你把人家往死里祸祸,你老小子思想有问题啊,看来咱得在大会上'表扬表扬'你了!"之所以叫小广安,并不是他岁数小,而是个头小。抬杠讲究的是对称,一副杠,俩人的个头应该差不多,这样省力,步调也一致,用行话讲就是不别脚、不压肩。小广安个子太小了,这样的人往往是吃亏的,全连队找不出第二个这样的个头,所以谁和他一副杠都占便宜。杠子的力量是向低的方向吃劲的,所以杠绳应该向高个一面多挪一点这才平衡公平,但他这个人也是挺犟的,杠起前非得把杠绳又拽回一些不可。小广安个子小,但力量不小,能耐也不小,更不计较,又风趣,所以,是抬杠组的活宝,兄弟们也都非常喜欢这个"小老头"。

在山场连队,不光小广安,所有兄弟都有一个共同的优点,那就是没人在乎谁多干点儿,谁少干点儿之类的有关吃亏占便宜的事儿,能干的绝不省着多余的力气,不能干的也是蹦着高地多干活儿,生怕干活儿拖后腿。兄弟们的心里似乎只有一个想法,那就是必须卖力干,必须得完成上级交给的工作任务!在连队里,"任务"这两个字比泰山还要重!"连长,

下任务吧!"这是兄弟们经常说的一句话,这句话,也是连长当兵的时候说得最多的一句话。"任务"多么亲切神圣的两个字,任何时候,只要有这两个字垫底,什么艰难险阻都能克服。

兄弟们抬杠的时候说得最多的一句话就是,"那个大的放那,我们来!"偷奸耍滑这个词儿在连队里几乎用不上!

连长给小广安扣了一顶打压兄弟的"铁帽子",小广安这个罪名可兜不起,赶忙向连长赔笑脸解释,和连长说话,这个小广安就客气得很,没有了威风,像撒娇一样,惹人发笑,"莫恁个嘛——连长,我简直比那个啥子窦娥还冤哦,我发誓,我要是叼子(故意)整兄弟,让我不得好死,死了没得人抬棺材板板。"

"哈哈哈哈……"

一句话逗得大伙前仰后合。

周山还板着脸,小广安就不敢造次。在连里,连长的一副铁脸和他的一副铁肩一样,让人无比敬畏!脱下军装后,他没有伸过一根手指打过谁,可是兄弟们却服他敬他,只要他一句话甚至一个眼神,兄弟们就知道该如何去做,绝对的权威,绝不儿戏。可是当他放下铁脸,就如自家兄父般平易近人。

周山看了眼旁边的王志杰,似乎在问,是这个情况吗?王志杰怔了怔才缓过神来,连忙圆场,"连长,小广安师傅确实没有欺负我,这……这都是误会,充硬汉是我自个的主意,跟别人没关系。"

"看着没!"连长仍铁着脸对着小广安,"这就是差距,人家可是一句坏话没有,咱再欺负老实人,可是有罪了!"

小广安连说了好几个"要得"。

周山的脸也由阴转晴,"笔杆子呢?"连长忽然问。

"隋组长写材料呢,忙完了他就过来跟我们抬杠。"有人答话。

"笔杆子"是隋友文的外号,用外号代替原名是连队的一个特色,也并不是所有人都有外号,有外号的往往是长得或说话极有特色的。王志杰刚来那天,已经有了外号——"四眼"。他眼镜片子的度数决定了这个外号的恰如其分。想当初采伐三组组长钱钢刚来的时候，兄弟们被这个人的脸给镇住了，这叫脸吗，满脸的"陨石坑"啊！笑得兄弟们前仰后合，钱钢也呵呵笑，"这脸是爹妈给的，没办法！"他自我介绍说姓钱，还没说完，兄弟们就说，"你别说名儿了，名儿兄弟们给你起好了，钱麻子，好记，还亲切。"钱钢就重重地回了句："好，不愧是兄弟，走到哪！这个名号就带到哪，以前啊，别人就叫我钱麻子，我寻思着，换个地方，就把这个名给撤了，可没想到，这名是赖在我身上了，以后就不变了，都叫我钱麻子，谁不叫我跟谁急，哈哈！"到现在，连里知道钱麻子大名叫钱钢的人屈指可数，其他有外号的兄弟也一样，比如王志杰，有谁还记得"王志杰"，就记住"四眼"了。

周山想起来了，是交给隋友文这个差了。这小子虽说是攥笔杆子的好手，但抬大木头也毫不含糊，他一天只干两样差，要么在抬大木头，要么在握笔杆子。

有人找周山，说林业局的领导上山来了，周山政务繁忙，匆匆走了。

小广安嬉笑着对王志杰说："兄弟伙刚哈还要感谢你给我咋起，我也说不来啥子话，恁个，我们有啥子恩怨一笔勾销了。"

王志杰笑笑，他发现连里的兄弟们的确朴实得可爱，他们耿直、心实，爱恨分明，不会作假。王志杰说，"您说笑了，哪有什么可勾销的，咱们都是好兄弟。来，小广安师傅，咱俩还是一副杠，现在就干。"

这句话可把小广安造蒙了，连说了几个要不得，"兄弟，你豁别个哦，还说不得记仇，你硬是兄弟前，兄弟后，阴到把兄弟整个够哦，连长都喊你休息几天，未必我敢和他两个对到整吗？他前撅（脚）刚走，侧个背我就让你做活路，那我不是死得硬翘翘的了。"

王志杰忍不住笑出声，"哪有你说的那么严重，再说了，我不说，大家都不说，连长哪会知道。"

"你嘞个批娃儿！傲到鼙撒！"小广安怒火被油泼了一般，燃起来，绷起脸，"你肩膀不痛了嘛，老子不是看你有伤，又要抓你龟儿两脚，你不得了得很，连长的话你都不听，那要起连长做啥子吗？你给老子爬远点，老

子看到你烦球得很!一天嘞么多活路,哪里有时间和你日白哦!"

王志杰嬉皮笑脸地蘑菇他,"我真没事,就让我试试小肩。"

"你以为老子在跟你摆耍龙门阵撒,你是瓜的吗?进到跟老子批夸卵跨,惹毛了,铲你两耳屎,快点给老子爬!"

王志杰看着四下左一堆右一堆的原条,像一座座小山,工作量之巨,可见一斑。王志杰虽然有伤,但却并不想当一个旁观者,他要加入火热的劳动作业,铿锵的号子声此起彼伏,一浪高过一浪,他想和兄弟们一起共承风雨。说话间计上心来,"小广安师傅,你不让我抬杠,那我就在这大声唱歌,让你们的抬杠号子也喊不成。"

"瓜娃子,给老子歪撒!"小广安气得那几根稀松的胡子往上翘,大伙也哈哈大笑,有的甚至替王志杰求情,"让四眼抬吧,他伤的是大肩,小肩没事,咱们都是过来人,肩是压出来的,不是养出来的,不打几回血泡,不褪几层皮,那硬肩是压不出来的。"大伙也随声附和,闹哄哄一片。

小广安乱了阵脚,嘴上还不饶人,"好嘛,你个哈儿,扭到老子费,喊你要你不要,二天累死球了莫说是老子鼓捣你干的!"

王志杰笑逐颜开,去小广安的手里抢过杠,像抢了个大元宝,一脸孩子般的笑容。他的热情确实感染了小广安,小广安的眼角有些湿润,仍骂了句"批哈儿"。

王志杰其实也不确定小肩到底能不能抬,有很多人一辈子只会用一个肩,另一个肩就像摆设一样一无是处,这是天生的没办法,也有的经过后天锻炼,大小肩都会用。几个都会换肩的兄弟如果是一组,走着的时候就可以随时换肩,大肩变小肩,小肩变大肩,前路变后路,后路变前路,这是绝活儿,也是楞场上的一道亮丽风景,让人羡慕。所以,抬杠的人都想把自己锻炼成双肩全能。后来他更发现,和他一副杠的兄弟没有抠小辫的,谁也不想欺负瘦弱的他。抠小辫就是将重量转嫁给对杠的兄弟一些。虽然兄弟们几次三番让他抠小辫,但他同样也不想占兄弟们的便宜,不是实在压得想堆缩了,他不会使抠小辫那个自认脸红的绝招。

这回,和王志杰一副杠的小广安专挑小径级材抬,哪根小就奔哪根去，这是在照顾王志杰，杠绳还故意往自己这边一挪再挪。王志杰本以为哈腰就起来，结果却不是那样，虽然用的是小肩，但是大肩的伤口毕竟在那，牵一发而动全身，他一用力，那伤口就火烧火燎地疼起来，鼻尖开始沁汗，随后脑门上也开始挂汗珠子。他咬牙挺着，尽量不让人看出来。但是，王志杰发现他的小肩是真的不行，这么小的一根原条，竟然把小肩杀得几乎受不了，整个身体也斜斜歪歪的，用土话讲就是压斜楞膀子了。兄弟们哪能看不出来，就又劝他别抬了，让他养好伤再干。不知是不是王志杰的自尊心太强，还是因为别的啥，兄弟们发现，越是支撑不住，王志杰越要干，似乎就是要自虐，让人琢磨不透。抬了几根小的，王志杰已经大汗淋漓，确切地说已经冷汗淋漓了。伤口最怕什么？这是常识，大家都懂，当然是怕汗水再去杀伤口，汗水有盐啊，浸进伤口里，那滋味就甭提了，又是一顿要命的杀威棒！

王志杰的刚强，楞场上的所有兄弟都领教了，这回不管他咋说，没有人再和他抬杠，都一致地认为他该休息了，因为他整个人就像从汤里捞出来的。拗不过众人，王志杰只得作罢，他偷偷扒开衣服看了看左肩，已然血色一片，这个小肩果然是更不抗压，非但左肩，原来的伤肩也又嫣红一片，这是用力过猛，旧伤又被撕开了。王志杰有些后悔自个的逞强，倒不是因为伤口本身，他是觉得愧对杏儿的救助之恩，怕连长的威怒，他思忖着办法，想怎样躲过这个"劫"……

晚饭的时候，双肩肿胀得更厉害，冷汗也是不住地淌出来，他极力躲着连长，更极力躲着杏儿，万幸，两个大忙人没时间关照他。静下来想想，王志杰觉得可能是自己太自我感觉良好了，人家就给自己上过一次药，自己就想入非非，也真是太可笑了。这么想想，也就合眼睡了，或许只是闭着眼睛……

黎明，太阳还在山的那边，只是映出一些金色的光芒时，工友们就已经用过早饭准备出工了。

"大海航行靠舵手／万物生长靠太阳／雨露滋润禾苗壮／干革命靠的是毛泽东思想／鱼儿离不开水／瓜儿离不开秧／革命群众离不开共产

047

党／毛泽东思想是不落的太阳……"每天出工前,听收音机播放的《大海航行靠舵手》,是兄弟们的"必修课",听着激情澎湃的音乐,心中就会燃起一团火,豪情万丈,干劲十足,浑身上下每根毛细血管都充满着革命的斗志! 一天下来,如果没有完成当天的生产任务,就算是事出有因大伙儿也会深深地自责,而且没完成的任务,第二天一定会补回来!

王志杰有伤,重活儿干不了,就和小广安商量,先干几天量尺员的活,顺便修枝打杈。小广安也拗不过他,就同意他量尺杆,但是不同意他修枝打杈,那也是个力气活儿,总甩膀子抡斧子对伤口恢复不利。

量尺造材可不是个简单的活,这里面的说道也有很多,不是要六米材,你上去量够六米划一道就行,你得首先从伐根看这棵树有没有糠心,如果有,估一下糠心的吃深,先划一道让锯手去了这节不成材的糠心段,然后再量好材。就这一划一锯听着简单,其实并不简单,比如你估计的糠心吃深要准,这完全得凭经验,锯得太多,浪费原材料,锯得太短,锯手还得再锯一锯,会浪费大量时间和精力。如果这棵树没有糠心现象,量尺员还得看这棵树是不是大屁股(术语:树末端特别粗大),如果是大屁股,就得先墩掉(术语:锯掉)大屁股。大头小尾算不上优质材,一根优质材的标准是不糠心,直溜,上下径级相差不是特别悬殊。总之要想干好量尺员工作还有很多门道和说道,王志杰在这方面做了不少功课。

量尺的活儿干起来确实轻巧,白天干活的时候没觉出不对来,可晚上睡觉的时候伤口竟然还是很疼,但疼并不是最重要的,关键是这个时候想自己脱下内衣却并不容易了。怕别人发现,王志杰白天把自己捂得严严实实的,就想等到睡觉的时候再脱下来,顺便给伤口上点药,可是却发觉内衣又和伤口牢牢地粘连在一起了。疼是可以忍受的,但是一旦感染可不是闹着玩的,这个他心里非常清楚。可是眼下又没啥好办法,只得等人全睡着了,再悄悄行事吧。他闭了不知多久的眼睛,疼得也是挖心挠肝,就悄悄下了大铺,去后厨悄悄打了盆清水,到帐外面自己弄。幸好他在大通铺的最外面,弄出点响动也没人在意。

没见识过连队大通铺的人不知道那是怎样的情形:帐门在帐的山墙

一侧,正中间,进了帐,两侧一边一排大通铺,如果是冬天,大帐的中央还会支一个方形的大铁皮炉子,都是用装三百六十斤油脂的大铁皮桶改成的,做成方形是为了在上面放锅放水壶。有的帐篷很大,可以容纳几十甚至上百人,似乎一眼瞅不到头;也有小帐篷,比如杏儿的,能睡几个人,事实上现在只有她一人。林场条件艰苦,有些连队只有一顶大帐,男女就都住在一起,各把一头,中间只用一帘花布隔着。

杏儿的帐篷其实并不是只有她一个人住,还住着个张大嫂,是和杏儿一起做饭烧火的,这几天因家里临时有事下山去了。张大嫂一走,杏儿的工作量可想而知,连长的本意是给她再临时配一个做饭的,可杏儿也是死犟,死活不用,她说:"连里的任务多重啊,我再辛苦也没有大家伙辛苦,就是忙叨了一点儿,真的不用。"连长只得顺从她的意思。连里的兄弟们对杏儿好,那是没得说,都会抽空帮她忙活一阵,比如劈烧柴、担水这样的活儿都是兄弟们承担的。

帐篷里最是能开玩笑逗乐子的地方,几十上百个大男人晚上闲着就愿意乱白话,就愿意唠女人,唠唠女人似乎一身的乏也就解了,大家伙不时地哄堂大笑,甭提多开心。杏儿岁数小,岁数长一些的都把杏儿当成孩子一样对待,所以不管咋闹只要杏儿咳嗽一声,全体立马消停,一个个也就变成了"文明人"。可杏儿伶牙俐齿的小嘴不饶人,有时候听他们唠女人的荤段子,就笑着插话:"有能耐都把你们的女人接山上来,咱也像尖刀连一样,再组成个女子突击队,白天男女搭配干活不累,晚上给你们暖被窝,光在这儿快活嘴有啥用啊,不解胳肢,咯咯咯咯!"

兄弟们被杏儿这么一说,一个个脸像猴腚似的,没嗑接了。

小广安会笑说:"你嘞个妹子千翻儿(调皮)得很,小心二天嫁不出去!"

杏儿洋洋自得,扬着翘辫,"谁要嫁了,嫁不出去更好,我就跟我干爹打天下!一辈子侍候干爹,嘻嘻!"

"杏儿这么优秀,还愁嫁!杏儿得满连队扒拉着挑,挑好样的!"隋友文这个时候会恰到好处地出现,又恰到好处地说些看似奉承又善解人意

的甜言蜜语，既有解围之意，又有表决心的成分，可谓一箭双雕，惹得杏儿心花怒放，也让兄弟们感慨，有点小文化说话就是不一样，中听！其实在连里，连这地界上的麻雀都看得出隋友文的心思，他喜欢杏儿，但骨子里的清高又阻止了他大胆进攻的步伐。隋友文认为自己是如此的优秀，配杏儿那是没得说，杏儿除了美丽外，字都认不全乎，所以，追到杏儿只是探囊取物，甚至不用自己追，杏儿也会倒追他。纵观连里，论年龄，论学识，论能力，在年轻一辈中并没有能超过自己的，这一点隋友文深信不疑。

在隋友文对杏儿没有表现得那么暧昧之前，抬杠组二十出头的嘎子暗暗喜欢杏儿。嘎子是一个不爱吱声、平时默默无闻的年轻人，能吃苦，能出大力，但是没啥文化。他偷偷给杏儿送过一个大红苹果，与其说送，不如说塞，见到杏儿，也不知道说啥，把苹果塞到杏儿的手里就跑掉了，连杏儿的表情都没敢看。这事谁都不知道，他担心得要死，怕杏儿把苹果再送回来，可是并没有，嘎子开心得一夜没合眼。从那天开始，嘎子捂紧被窝在被子里做好梦，梦里的女主角都是杏儿，后半夜寂静的帐里，他蒙着被子不安分起来，像一个乱撞的小鹿……乐此不疲，弄得被子上斑斑点点的，像世界地图……

隋友文的心思被大家洞察后，那些毛手毛脚的年轻人也就退却了，红花配绿叶，美女配英雄，这没啥错！嘎子很沮丧，但也很理智，横竖比较，自己都甘拜下风！他清醒了，不在后半夜折腾自己了，但梦里的那个他似乎并不清醒，好梦依旧……

打破这种平衡的是王志杰，一个刚刚来的知青就似乎颇得杏儿的芳心，杏儿竟冒着流言蜚语，深夜与其黏在一起。这个半路杀出的程咬金简直打乱了隋友文的阵脚，杀了他个措手不及。这个时候，隋友文除了愤恨更加自责自己下手太慢。他并不知王志杰的底，王志杰到底有没有点小文化？到底有没有啥背景？唯一看得清楚的是，这个王志杰虽然卡个度数并不低的眼镜片子，但眉目清秀，在形象上似乎并不逊于自己。于是隋友文又觉得男人并不是靠脸吃饭的，男人顶天立地靠的是才华和本事，论才华和本事隋友文一百个不服！他坚信可以打败这个长相有点"娘"的人！连这点儿自信都没有，他隋友文也就不是隋友文了。他越来越喜欢杏儿，从刚开始的一天只看一眼，慢慢地到一天不得不多看两眼，再到后来的一天不看两眼不行，喜欢的码一天天在堆加，他甚至偶尔牵过她的手，她红着桃腮，也并没有挣脱。隋友文视杏儿为自己后花园供养的一盆牡丹，自己想咋观瞻就咋观瞻，想咋喜欢就咋喜欢，就是没想过有一天竟然会有一个愣头小子闯进自己的后花园来抢这盆牡丹。如果让自己的兵把自己心爱的姑娘给挖走了，这于情于理于自己的心都说不过去，他咬着后槽牙发誓，决不允许这样的事发生！

再说那天打好水的王志杰本想着神鬼不知地摸出门去，可越想小心越是出错，"咣——"身体撞在门框上，挺响的，他觉得自己的心都要蹦出来了，好在帐子里呼噜声此起彼伏的，他赶紧端着盆远离了帐篷。王志杰走得急，猛一抬头，一个黑影就立在眼前，吓得他撒了手，盆子扣在了地上，一盆水就这么没了，好在是草地，并没有啥声响，也不会惊动更多的人。

"杏儿，"王志杰忐忑扑腾着心，终于看清了对方，杏儿像个旗杆似的直直地立在他的面前，"杏儿——这——这——这么晚了——"

"是啊！"杏儿抢过话，"这么晚了，有两个傻瓜在黑夜里相遇了！"

"我——我——"

"跟我来！"

"去——去哪？"

"还能去哪？去我帐篷！"

"不——不——这都后半夜了！"

"王志杰！"杏儿急了，几乎是喊着说，"磨叽啥！"

"你——你别喊——求——你了。"王志杰怕了，像被人掐住了嗓子，憋着气恳求着，赶紧跟杏儿进了帐。

"白天你上了作业点，我就知道你没准再逞强啥的，吃晚饭的时候，郑叔无意碰了你左肩一下，你疼得直咧嘴，我就明白了。你知道我在这儿站了多久……"杏儿的声音有些发颤。

王志杰六神无主了，既觉得对不住杏儿的救伤之恩，又怕大半夜的惊

扰了大家伙。

杏儿端了盆清水,沾湿了新手巾,帮他洇伤肩,手巾放回盆里,血水就荡漾开。洇透了,上衣脱了下来,左右肩又是血肉模糊一片。

感觉杏儿停下了手,王志杰就预感到不妙。他怯怯地看了一眼杏儿,杏儿的泪珠在眼圈里来回滚动,白白的牙齿将嘴唇咬得没了血色。他心里慌,愧疚得要死,他才确定:眼前的这个姑娘是疼自己的。

看着杏儿难受的样子,王志杰是真的心疼,好疼的那种心疼。他不知如何安慰杏儿,只是嘤嘤地说着"杏儿,杏儿。"

"你走吧。"杏儿一幅心灰意冷的表情,冷若冰霜地请他走人。

"药还没——没——上。"王志杰像个犯错的孩子,茫然无措。

杏儿叹了口气,仍旧冷冷地说:"不用上药了,咱们红旗连许久没有出过大英雄了,我不能挡了大英雄的路,没有血,还叫啥英雄,请回吧,以后也别来了,我这个小帐篷,容不下大英雄。"她转过脸,抽噎着。

"杏儿——我——我——我错了——真的错——了。"他磕巴得越发厉害,但还是背对着杏儿,没敢回身。他不知道咋劝她,他还不敢一走了之。

杏儿是一个啥性格他还真是没摸透,就觉着她像一匹不可捉摸的小烈马。他镇定了一下情绪,努力不磕巴,"杏儿——千错万错都是我——我的错——求你了——帮我上点药——完事我马上回去睡觉!"

"你不是大英雄吗,还用上啥药!"杏儿嘴上仍发着狠。

"杏儿,我——我跟你保证——我再也不充英雄了——再不!"

"你跟我保证啥,我又不是你啥人。"杏儿的嘴上很硬气,可手已经不自觉地在帮他上药了。她轻轻地,生怕会加重一丝他的疼痛;他也是,他忍着,不管咋疼,决不再有一丝难受的表情。

回铺后,他睁着眼睛再也睡不着,他觉得自己忽然从孩子长成了大人,只因心里有了念着的人,他感觉自己的肩一下宽阔厚实了很多,似乎成了硬肩。

王志杰以为这夜的事神不知鬼不觉,可是,他的一举一动被隋友文看得真真亮亮的。隋友文的牙齿咬得嘎巴响。他虽然知道王志杰进杏儿的帐篷仍是换药一类的事，但心里还是一万个不乐意。那是啥地儿？放在大户人家，那叫小姐闺房香阁，大晚上的进小姐闺房香阁，真是扎心啊！更让隋友文扎心的是，某一天，他也见了点红伤，他也去找杏儿，他期待杏儿也万般心疼地将自己领进那个闺房香阁包扎。在王志杰来之前，他去过那个闺房香阁，虽然好似漫不经心地去坐坐，但杏儿身体的气息伴着雪花膏的清香，让他咋闻也闻不够。他对杏儿说得最多的是工作、学习，甚至说过诗歌和文学之类的，当然还说学习《毛泽东选集》的感想体会。杏儿一般都是忽闪着并不大但异常明亮的眼睛看着他，一副云里雾里半懂不懂的表情。他的学问深深震撼了杏儿，他能说出普希金、雨果、狄更斯、托尔斯泰、海明威这些她闻所未闻的文学大师，他能说出巴黎、伦敦、威尼斯、开普敦、布宜诺斯艾利斯的名胜古迹和地道美食……他能感觉到杏儿对他的崇拜和喜欢，但是回过头看，那种和杏儿一直"端着"的接触方式可能令她不安和拘束。

　　隋友文和杏儿是在帐外遇见的，他把背上的红伤是咋整的说给杏儿听，杏儿很热心，让他回大帐等着，自己回帐给他取药。隋友文懵了，这是啥话呀？搁哪取药？上哪等着？不是应该请我入你的香阁吗？把我当啥了，当成素未谋面的病人？一种纯纯的医生和病人之间的关系？这也太可笑了！隋友文想大喊大叫，想骂人，可是理智和身份不允许他那样做，他只能表面波澜不惊地扯嘴笑了一下，说"好的，谢谢"，这么虚伪的回答让自己的内心都恶心。他想哭，咋就变成了笑呢？杏儿一阵风轻盈地跑回来，手里端着一个药盘，里面有药棉和药末。隋友文机械地回到大帐，看到兄弟投向自己的眼神，他忽然觉着在这也挺好，正好让兄弟们看看杏儿对自己是多么关心！他不用杏儿的指挥就脱光了上衣，趴在铺上，杏儿拿着药棉轻轻给他擦拭伤口，他故作大惊小怪地嘴里吸溜着，让人看起来似乎很痛，病得不轻。杏儿仔细给他擦拭伤口，柔软的手指碰到了他的背，他触电一样战栗起来，好有感觉，好舒服，那不是疗伤的感觉，那是一种享受，世界上最高端的享受！杏儿连忙说，"对不起，弄疼你了吧。"隋友

文很感动,这足以说明杏儿是对自己好的,是关心自己的,甚至是爱自己的,只是她潜意识里不敢把这种敬畏崇拜的爱当成感情。

不是什么人都可以牵女人的纤纤玉手,他曾经牵过,这就足以证明一切……

杏儿精心地处理好隋友文的伤口,还不忘嘱咐他小心别再碰到伤口之类的话,暖得他想哭,那次的上药,也引来兄弟们无数的大拇指。

正当隋友文自我感觉和杏儿的关系回归正轨的时候,王志杰这就再一次深夜进了杏儿的帐篷!

王志杰躺在铺上睁着大眼睛想着啥,一夜未眠;隋友文的眼睛睁得比他还大,也是一夜未眠。第二天隋友文接近王志杰,试探他,"四眼,昨晚我迷迷瞪瞪出去撒尿,看见你铺空着呢,大半夜的又干哈去了?"

王志杰惊着了,真是若要人不知除非己莫为吗?他的脑子很乱,但不能乱了方寸,他一口咬定肚子不好,拉稀去了。隋友文长吸了口气,看着眼前撒谎脸都不红的王志杰,想想真是低估了他。隋友文又想嘲笑他王志杰,啥文化人啊?还拉稀,就不会说肚子不好蹲坑解手去了,原来一天天的看着很有知识的样子都是装的,到底露了尾巴,也是个败絮其中的家伙,跟自己的差距不是一两天,不在一个层次上!杏儿早晚能识出谁才是真正的真金白银!越想越可笑,他真的对王志杰笑了笑,"以后肚子不好,就找块桦树皮烧了,将那个灰喝了,保证药到病除,比啥都好使,连队的兄弟们都用这招。"他连吓唬带安抚的招式将王志杰击得有些找不着北,王志杰机械地说了句谢谢。他对隋组长嘴角那一抹诡异的笑有些摸不着头绪,至于他给开的偏方更是左右耳穿堂而过了,根本没进脑……

干了些日子,王志杰也将量尺的活儿干明白了,参悟透了,这肩上的伤也算是好了,他很开心,终于又可以抬杠了。为了感谢杏儿的救助之恩,他让人从山下捎上来一些红糖和苹果塞给她。杏儿自是十分开心,但说啥也不全要,非要给王志杰留一半。在这个物资匮乏的时期,副食品有多么金贵谁都知道。杏儿总算领略了王志杰有多么犟,他一克也没有给自己留着,把东西塞到她的怀里就出工去了。杏儿望着他单薄的背影,心里美美的,鼻子里酸酸的,还不忘朝他背后喊一声"真是个傻孩子!"王志杰听得真真的,用手推了推眼镜,露出一口白白的牙齿笑了,他并没有回头,像一阵风跑起来!越跑越开心!

四

连长是啥人？就好比是一支军队的统帅，指挥千军万马而从容不迫！

这天，周山正襟危坐，少有的威严。全连召开大会，一个不落，就连烧火做饭的杏儿都坐在其中，刚刚休假回来的后厨张大嫂没顾得上喘一口气，也坐在其中。

连长办公室里高悬着伟大领袖毛主席的画像。

周山环视一遭，声如洪钟，"同志们，在伟大领袖毛主席的光辉指引下，咱们的社会主义建设事业一日千里，帝国主义仇视、嫉妒、害怕新中国一日千里的伟大建设事业，他们想把新中国狠狠地抛在身后。但是，帝国主义的美梦不会得逞，他们想错了，在伟大领袖毛主席的领导下，站起来的中国人民奋勇向前，不但不会被帝国主义抛在身后，咱们要奋起直追，赶超帝国主义。为了不拖全国建设事业的后腿，刚刚接到上级任务命令！"停顿了一下，将目光划过每个人的脸庞，大家不约而同地将腰板挺直，目视主席台，等待命令，周山声音高亢地宣布："上级命令，将所有连队包括咱们红旗连队的木材生产任务由每月四千立方米增加到五千立方米！"

大家的脸上没有表情，但是心里还是捏了把汗。全连队只有一台爬山虎，几台油锯，几匹瘦骨嶙峋的老马，剩下的全是人拉肩扛，现在每月四千立方米的木材生产任务已经是满负荷了,眼下,又增加了一千立方米,这是有难度的,有巨大困难的,不是光拍脑门喊口号就能完成的,可俗话说军令如山,领了军令状是必须得完成的!周山接着说,"咱知道,实现这个目标是有很多这样那样的困难,但是,咱相信,办法总比困难多!伟大领袖毛主席他老人家还在夜以继日地辛劳,咱这点困难算不了啥!同志们,咱的兄弟姐妹们,从冬到春,到夏,到现在的秋,咱连队没有好好休息过一天,就是大雨倾盆的日子,兄弟们也是在帐篷里伐锯磨斧,一直在生产作业。你们没时间照顾父母妻儿,把整个人全部献给了连队,咱真的是感谢大家、心疼大家——"周山停顿下来,抑制一下激动的情绪,"可是咱现在不但不能休息,还得再加一把力,把山上的大木头多多地运下山,去支援伟大祖国的建设事业!同志们,咱当兵的时候,你知道外国人是咋评价中国人民解放军的吗?咱告诉兄弟们,他们说,撼山易,撼解放军难!"周山哽咽,停顿下来,全场寂静无声,良久,他才眼含热泪接着说,"听到了吗,咱的兄弟们!中国人民解放军打出了军威国威,那是因为咱们是一支正义之师、钢铁之师,任何困难也压不倒中国人民解放军的钢铁意志!转业后,咱所在部队听从伟大领袖毛主席的命令,整师开赴大兴安岭,现在咱这个连还有十多个和咱一起当兵,和咱一起摸爬滚打过的生死兄弟。扛枪打仗在一起,开发大兴安岭还在一起,这是咱的命好,和咱的兄弟们这辈子注定在一起!兄弟们,在咱看来,咱们全连就是一支正规的解放军队伍,这支队伍的名字就是建设新中国的大兴安岭采伐连队!既然咱是一支军队,那任何艰难困苦就都吓不倒咱!咱已经代表连队向组织表了决心,领了任务,同志们——"连长站了起来,他目光炯炯地注视着台下,他的声音有些嘶哑,"同志们,兄弟们,有没有决心完成任务,给咱嚎一嗓子!"

"有!"这一声气贯长虹。

"咱没有听清,大点声,有没有!"周山笔直地站着,脖子上的青筋滚圆绷起。

"有!坚决完成任务!"全体起立,这一声从胸膛里雷霆万钧地发出

来,势不可挡。

"好!有了同志们的决心,咱心里有了底,从明天起,咱甩开膀子大干一场!所有进山作业的兄弟们,中午咱就没工夫回来吃口热乎的了,从明天起,所有兄弟带干粮上山,一人两张大饼给咱别裤腰里,饿了吃大饼,渴了喝山泉,咱们必须争分夺秒,务必完成任务!咱们的任务量加大了,每个组的任务都很重,从明天起,咱加入抬杠组,和兄弟们一起攻坚克难!"

周山的眼睛红红的,目光如炬,他的决心已下,无可阻挡!

周山的家庭比较特殊,家里有一个老母亲需要赡养,老人家有精神方面的疾病,需要人不离身地照料,所以周山的爱人无法工作,家里还有两个上学的孩子,单凭周山一个人的工资,日子过得非常紧巴。最主要的是,他没有时间照顾这个家庭,重担全落在一个女人的身上。

除了必要的开会之外,周山轻易不下山,将整个人交给了连队。对于工作,他丝毫不马虎,一是一,二是二,他虽然威严,但通情达理,任务虽重,对于兄弟们的事假一般都会批准,他常说"都拖家带口的,谁能没个事"。但对于自己又是苛刻的,下山开会,他顺道回家看看,只陪年迈的老母亲和妻儿吃上顿饭,就趁着夜色搭上拉大木头的顺风车回到连队。在林业局开大会的时候,局领导问同志们生产生活有啥困难,周山从没有提过自家一个字,提的都是油料、机械、粮食供应这一类的问题。有位林业局的领导有两次也忍不住说他两句:"周山同志啊,这工作得干,这家也得要啊,下山一趟不容易,就在家陪陪老母亲,陪陪老婆孩子,明天再上山吧。"

如果类似的话是兄弟们说的,他早就瞪眼珠子了,但是领导这么说,周山只得附和着。每次还是风风火火地回家看老娘,秋风扫落叶一样地陪老婆吃饭,然后就火急火燎地往山上奔,甚至都没等到上学的孩子回家。

冬季作业的时候,连里年年分一些劳保用品,棉裤、棉袄、棉手闷子(棉手套)、棉靰鞡(一种胶底黑布的棉鞋,暖和、结实还防滑,就是样子有些笨重,但的确非常实用,是山场作业最不可缺少的劳保品),这些东西是易消耗品,摆楞大木头费衣服,心粗的,用几天这些东西就被刮得"龇牙咧嘴",一双棉靰鞡不缝缝补补连一个冬天都对付不到头,可连长是个特例,那双棉靰鞡补丁打补丁,缝缝补补又一年,已经看不出原来的模样,兄弟们就从没见过连长穿戴新的劳保用品。也不止一个兄弟对连长说过,"您这也太艰苦朴素了,发新的了,就换换呗"。连长就佯怒,"艰苦朴素有啥不好,把你活儿干好得了!"后来兄弟们才知道,新的劳保品,连长全部带回家了,报劳保用品的时候,特意报小号的,把新的棉袄棉裤给老母亲,给妻儿。一大家子的人,吃饭都成问题,穿戴上根本没得挑,有就行,可能别人家不在乎的劳保用品,他的妻儿穿戴上却像过年一样开心。她的小女儿穿上一件改小的崭新的劳动布衣服,当晚就没舍得脱下来,穿了一夜,第二天"趾高气扬"地迈进学校的大门,她也终于有了一件没有补丁的外衣了。

杏儿机灵着呢,她是茶壶煮饺子,心里有数。她很是节省,把新发的崭新狗皮帽子送给连长的大儿子戴,把省下来的棉靰鞡送给连长的小女儿穿。连长知道了,猛训两个孩子。杏儿可不高兴了,绷着小脸找连长"算账","干爹,您凭啥训我干弟弟干妹妹啊,我们是一家人,我们好,我们互帮互爱,咋惹着您了?把我妹妹训哭了,我妹妹多听话啊——"说着话,渐渐变成委屈的颤音。

周山正为油料不足发愁呢,和几个组长大眼瞪小眼,商讨生产作业,杏儿不管不顾,进来就是一顿机关枪似的"扫射",弄得连长嘴皮子动了几下,愣是没吐出个字来,一时语塞。

"得分得清清楚楚是吧,这是您给丫头买的发卡、小梳子、小镜子,您还给我买的很多水果,我折合成钱,一共五十元都不止,不够的先欠着您,这些先都给您。"

"杏儿,你,你这是干哈啊,你这是骂你干爹啊!"周山尴尬了,其他的兄弟一脸茫然,这爷俩是哪跟哪啊?

"丫头哪敢啊,在连里干爹是连长,在家里,干爹是家长,处处大一级,说啥是啥,丫头都是照着干爹的样子做,您应该欣慰才是!"杏儿嘴撅得老

高,能挂个酱油瓶,气喘吁吁。

周山没辙了,摆摆手,"好了丫头,你别寒碜干爹了,干爹需要处理的事还一大堆呢。"

"干爹,我也不想啊,我弟弟妹妹招谁惹谁了,被人无缘无故寒碜一顿,事因我而起,我这个当姐姐的得给弟弟妹妹讨个说法吧。"杏儿眼泪汪汪,用袖子不停地擦拭。

"你这孩子,咋得理不饶人呢,行了,家里的事干爹以后啥也不管了,你们爱咋闹咋闹,还落个清静!"周山摆手告饶。

杏儿大获全胜,心里美得屁颠屁颠,但面上不露声色,要和他拉钩上吊一百年不许变。

"这孩子,咱这么大人了还用这个?"周山绷起怒脸,想吓唬住她。

"必须用!"杏儿扬着脸,一脸任性。

"连长,爬山虎喷油嘴坏了……"办公帐又陆续进人,人还没进来就开始向连长汇报工作了,进了门才发觉不对头,一个小脸涨得通红,气鼓鼓着,另一个半怒不怒,半笑不笑,连哄带吓唬。大伙儿看这爷俩唱对台戏,心里都憋着乐,但不敢出声。

周山可是耗不起,无可奈何地摇头,跟杏儿勾起手指,"好好,拉钩上吊一百年不许变,这个臭丫头,欺负干爹的能耐,哈哈哈哈!"说着说着自个就笑了。杏儿也扑哧笑了,大家也笑了。

杏儿颠儿颠儿地跑走,小辫子翘得老高,周山干咳了两声,板起脸来,"这丫头脸小,当爹的得大度些,给她个台阶下。"余光扫扫兄弟们,兄弟们把笑收起来,赶紧顺着连长说,"那可不,连长您是宰相啊,肚里能跑马撑船啊,哪能跟小孩子一般见识。"这句就坡下驴的话把连长的面子补足了,周山摆手示意,嘴角绽出笑意,"坐吧兄弟们,咱们接着研究工作的事。"

杏儿胜利了,可抽空连长还是会跟她念叨念叨,"丫头,你想着照顾你弟弟妹妹,干爹不拦你,可你也是上班几年的人了,你看看你脚上穿的鞋,那补丁套补丁,快跟咱老头子一样了,还有你这棉袄,你是个未嫁人的小丫头,得花枝招展着,哪能跟咱老头子学……"

周山对杏儿,那是苦口婆心,不敢发火,发了也没用,根本说不过那个丫头,他心里明镜似的。

"干爹,子不嫌母丑,爹不嫌女丑,咋了,怕丑丫头没人要啊,嘻嘻。"杏儿摇着他的胳膊撒娇。

"干爹做梦都想着你风风光光嫁户好人家!"

"我才不嫁呢,我要侍候干爹一辈子,跟着干爹一块干革命,嘻嘻。"

"又冒虎气,这孩子。"

其实发放的劳保品,兄弟们都视若珍宝地收藏好,身上穿的戴的不是坏得实在不行了,都不舍得用新的,只是连长的节俭,已经到了苛刻的地步,更胜一筹。兄弟们粗枝大叶的,用针线的时候,缝得针脚横一针竖一针,乱七八糟,杏儿和张大嫂就抽空帮这些笨手笨脚的大老爷们儿干些针线活儿。女人天生就是摆弄针线活儿的料,杏儿缝补完的鞋,针脚细密美观,仿佛坏鞋上生出朵莲一样,穿着杏儿缝补完的鞋子,那走路的姿势都不一样。美!走路得横着!

连里的生活清苦,却不乏温暖。

这天,周山匆匆进了后厨,杏儿刚出锅几笼热腾腾的大包子。

"这大包子带劲,好啊,兄弟们好久没吃着这东西了,真是馋人,呵呵。"他夸杏儿。

一后厨雾气,杏儿眨巴眨巴眼睛,杏儿听到夸奖,这个美,开心地笑,像朵花,"干爹,给,尝一个。"

周山没接,问了句:"丫头,蒸了多少个?"

"蒸了四百多个,一个兄弟能合上四个。"杏儿了解她干爹,跟了解自己一样。

"好,太好了。丫头,给干爹带上四个包子,干爹要下趟山,在路上吃。"

"好嘞。"杏儿干活儿就是麻溜。

周山打开饭布兜一看,六个包子。说了句"这丫头片子",又折回去,悄悄放回去两个。

下了山,忙完公事,周山急匆匆赶回家,进门叫了声花儿。花儿是他对老婆的称呼。花儿正在烧炉子,屋里烟气很重,看见周山,她眼前一亮,笑着迎他,手触到他的手。

"花儿,你看这是啥?"说着从怀里掏出个布兜。

花儿打开布兜,"呀,包子,真香啊!"

"我下山开会,从连里下来,连里新蒸的大包子,给你们带回来几个,走得急,没多带。"

花儿笑笑,"这就挺好了,娘和孩子们得乐坏了。"

"花儿,你吃个吧,一共四个,娘,你,两孩子,一人一个。"花儿的眼睛深深陷在眼眶里,但是眼睛很明亮。

她捧着布兜嗅了嗅,咽了口唾沫,没有吃,抚着连长尖瘦的脸和硬硬的胡茬,不是个滋味,"看把你忙的,也没个形象了,哪像个当过兵的。"

周山不好意思地笑笑,"是啊,一天到晚也不知道忙个啥。花儿,等咱宽裕了,天天蒸大包子吃。"

花儿乐,开心得笑出眼泪,娇嗔地训他:"看你说的,还天天吃包子,日子还过不了,这日子得算计着过,用钱的地方多了,咱攒了钱,好给娘治病,供孩子们上学!"

周山抚摸着花儿发皱发黄的脸颊,干裂的嘴唇动了动,"花儿,这辈子你嫁给我,就没让你过上一天的好日子,净跟着咱受罪了……"

花儿的眼睛水润起来,"说啥呢,吃苦受罪,我图的是你这个人,只要你心里有我,我就知足了。"

周山用一双有力的大手将她紧紧揽在怀里,紧紧……

"咱娘呢?"

"屋里呢。"

没进门,喊了声"娘,吃包子了"。

周山娘从炕上坐起来,抢过包子,大口大口吃起来。

"好吃吗,娘?"他笑,花儿也笑。

"好吃,好吃,嘿嘿。"老太太吃得那个香,狼吞虎咽的。

"花儿,你也吃个吧,够。"

花儿将包子拿在嘴边,嘴唇碰到了软软乎乎的大包子。

周山娘又抓第二个包子吃,吃得嘴里鼓鼓的。

周山和花儿相视而笑。

"娘,您慢点吃,还有呢。"周山给老人家倒水,轻轻拍她的背。

花儿把包子轻轻放回小桌上,"让娘吃吧,我不饿。"

他娘又抓第三个包子吃。

"娘——"周山攥住了娘干瘦如柴的手,眼丝变红。

他娘边吃边嘟囔着"好吃,好吃……"

周山看了看花儿,五味杂陈,声音小得连自己都快听不见,"你和孩子们没吃着,带少了,都怪我,走得急。"

"说那话干哈,娘吃着了就好,孩子们都大了,经磕打,以后的日子长着呢。"

他娘哆哆嗦嗦把剩的最后一个包子用布兜包好,塞进被子垛里,呜咽起来,"树儿最爱吃大包子了,我给他留着,等他回来吃。"这一举动,吓坏了周山。

树儿是周山的乳名。

"娘,我就是树儿啊。"他回着娘的话,却怔怔地回身看花儿。

花儿捂着嘴,泪大颗大颗滴下来,"娘的病越来越重了,有时候认人,有时候谁都不认了。"

"娘,您咋了,我就是您儿子树儿啊……"

老太太哆哆嗦嗦摸摸他的头,"树儿最爱吃包子了,我给树儿留着,他的小脸红扑扑的,可好玩了……"

五

连长是山场通,山场的活儿没有不会干的,没有不精的,他一天的工作首先从走各个生产作业点开始,多少年风雨无阻。用他的话讲,不走一圈,心里就没底。走到哪个作业点,看兄弟们忙不过来了,他嚎一嗓门,先把人员摆布开,就抄家什上手了。等活儿捋出个眉目来,你再一瞅,人已经不知何时走掉了。

任务越重,活儿越累,人越懒! 回到帐篷,大伙儿的第一个动作就是美美地躺在铺上睡大觉,有时候甚至饭还没端进帐篷,兄弟们的鼾声就"呼哈"地此起彼伏了。

王志杰爱干净那是有目共睹的,谁也比不了,甭管多累多辛苦,洗洗刷刷的事一点都不能少。他很倒霉地挨着采伐二组组长郑涛,这个人没别的毛病,只一个毛病就是不爱收拾个人卫生,任务量一增加,他干脆就不搞个人卫生了。可是大家在一个锅里吃饭,一个帐篷里睡觉,个人的卫生已经不再是个人的事,尤其是深深地影响到了和他紧密相邻的同铺王志杰。王志杰忍了很久,最终实在是忍无可忍了,就央求郑涛:"郑组长,郑大哥,洗洗脚吧,解解乏。"

"懒得洗,没啥用,洗完还埋汰。"

王志杰干咳了两声,被晾在了那里。和"大老粗"说话你得直一点,拐弯说,他不明白。

王志杰没说啥,不一会儿热腾腾的洗脚水打来了。"郑大哥,洗洗吧,很解乏的,水给你打来了。"

郑大哥一轱辘翻身坐起来,不好意思地挠挠头,"兄弟,嘿嘿,你这也太客气了。"

其他的兄弟早就憋不住乐,哈哈大笑起来,"老郑,洗洗吧,你那个臭脚熏人二里地,人家四眼是干净人,哪受得了你。"

郑涛反应过来,笑着骂大伙,"去去去,滚一边去,人家四眼兄弟这是照顾我岁数大,我这脚咋了,也没啥味嘛!"

王志杰推推眼镜似笑非笑,其实是憋着,不敢咧开腮帮子,怕笑得一发不可收拾。

王志杰刚来就发现了这个问题,这个人的脚奇臭无比,还不洗,关键是他还不和别人脑袋朝一头,王志杰实在受不了,就把枕头也朝向铺里,同样的问题来了,郑大哥的口气照旧不咋地,熏得他两头都没法睡。不是嫌弃谁,是熏得睡不着,有时候睡着了又让呛醒。总不能逼着人家刷牙吧,再说,满帐篷里刷牙的人屈指可数,所以权衡一下,王志杰觉得帮郑大哥打洗脚水最可行,是上上策。

你以为打好洗脚水,郑大哥就愿意洗了,那可是大错特错,有几次打来的水都凉了也没见动静,原来人家又呼呼地睡着了。王志杰实在没辙了,叫醒郑大哥,"看您太累了,这样,您坐起来,我帮您洗。"郑大哥哪里受得起,满帐篷,连连长和老爷子都没有这种待遇,所以,洗脚从被迫变成了强迫,从强迫变成了自愿,到后来的一天不洗都不成。最开心的是王志杰,有这样的结果,他美死了。

满帐篷里,还真有一个人有这种被洗脚被侍候的待遇,那就是连长,给他洗脚的那个人正是杏儿。刚开始连长死活不同意,甭说杏儿不是亲姑娘,就是亲的,这也用不着,自个儿有手有脚的,干吗让别人侍候。可是有太多次,杏儿去连长的帐篷给连长送饭,就看见连长一只脚上的鞋已经脱了,另一只鞋的鞋带已经解开,但鞋还没脱下来人就坐在椅子上呼呼地

铁肩

睡着了,有时候连长手里还握着笔,看来是想修改一下材料,他真的是太累了……杏儿的鼻子发酸,泪就涌上来,心里甭提多难受。杏儿就悄悄地打来水,悄悄地帮连长脱掉另一只鞋,悄悄地帮他烫脚。周山醒过来,发觉杏儿在帮自己洗臭脚丫子,一万个不同意,还黑着脸训杏儿,让她该忙啥忙啥去。杏儿也倔啊,啥也不说,就立在一边,吧嗒吧嗒掉泪珠子。连长觉着自己这辈子啥都不怕,一个当过兵的人,是从死人堆里爬出来的,有啥事还能大过死!但他错了,后来他发现自己还真怕一样东西,就是丫头的泪珠子,丫头的泪珠子一掉,比要他命还狠,这心里翻着个儿的疼,啥阵脚也都大乱了。赶忙赔笑脸,千哄万哄,"好丫头,干爹错了,不该对你发脾气,嘿嘿,干爹没文化,别跟干爹一样,嘿嘿!"一个铮铮铁汉,在女儿面前也得变成柔情似水。

杏儿就抽噎着,抹着泪珠子打开话匣子,"我爹辛苦了一天,呜呜——当闺女的侍候一下我爹咋了,呜呜——闺女知道我爹是官,可是当官是为了对闺女使厉害吗,呜呜——"这一番话下来,周山彻底告饶了,阿弥陀佛,闺女就是自个头顶的那片天啊,啥都依了,必须得依。

杏儿看见指挥"千军万马"的干爹在自己面前低三下四地告饶,心里早就憋不住乐,但她忍着,她得拿捏住干爹的"七寸",拿得稳稳的才能收手,她还故意嘟着小嘴走掉,不温不火地丢下一句,"看我爹下次再不让闺女洗脚的,闺女就上山抬大木头去,这饭爱谁做谁做,哼!"

周山就光着脚追到帐门口,"闺女,你,你就别生爹的气了,以后爹啥都依你,听见没,别生气了。"

任务下来了,谁最急,莫过于连长。

连长的心思,兄弟懂,兄弟们闷着头干活,不喊累和苦,所有苦累就着菜汤子、咸菜疙瘩、苞米面窝窝头咽进肚子里。

兄弟们心疼连长,心疼这个心里只有国没有家没有自己的铮铮铁汉!

兄弟们知道连长腰上的旧伤,纷纷劝说:"连长,不是兄弟非得说好听的,您的伤腰不能再出力了,一个这么大的连队,不缺一个力工,兄弟们不能群龙无首啊,不能没有您……"

兄弟们说着话,眼圈发红。这绝对不是啥拍马屁的话。他的腰有过硬伤,一次和死神擦肩而过的硬伤,往事可以不提,可是旧疾仍在。

周山也红着眼圈,注视着兄弟们,"咱是连长,咱就能带头搞特殊吗?社会主义新中国不兴官老爷那一套!咱这点旧伤算不了啥!咱抬不动大的,咱抬小的!让咱当官老爷在一边看热闹,让兄弟们在一边拼命,咱死也做不出这样的事!兄弟们,咱赶上新中国建设这么伟大的时代,咱就拼他一回也值了!"

周山是说到做到的人,说出的每一句都抓铁有痕,掷地有声!

王志杰重归抬杠组,杠再搭在肩上的一刻,那肩和杠之间的感觉,就像是兄见了弟,格外的亲,感觉杠也不再那样杀肩了,步伐也稳健如常了。他还是跟小广安一副杠,小广安依旧照顾这个"生瓜蛋子",拣一些径级小的原条抬。

秋季和夏季不同,凉爽,扰人的蚊虫也消失了,所以干起活来舒心不少。

有了两次烂肩的经历,王志杰也悟出了一些道理:硬肩并不是一天磨出来的,那是天长日久磨出的硬功,是冬练三九夏练三伏的真功夫,必须放下浮躁之气,要能干活,还能让兄弟们放心,一天天伤痕累累的,干三天休两天,就真让兄弟们瞧不起了。

懂得了这个道理,就是懂得了不能再逞强好胜,就得坚决服从小广安师傅的命令,让咋干就咋干。刚开始来的时候,大家对王志杰的感觉就是文文弱弱的一个书生,后来大家才明白,人不可貌相的道理。虽然王志杰的身体弱,但他的精神并不弱,思想更不弱,他能吃苦、能干活儿,他并不怂,你如果和他硬着来,他就和你硬到底!连队需要的正是这样的人,所以他融入了兄弟们当中,和兄弟们从心底不再陌生。王志杰和兄弟们真正称得上相处融洽是源于一场山火。这场山火过后,兄弟们觉得王志杰确实是如同家人一样的兄弟,傻傻的,却很可爱。

山里的天,涝起来,大雨罩天,好像一块扯不开、拧不干的雨布,连月不开;旱起来,日头毒得能将人晒成干尸,连流汗都像滋滋地冒油,干活儿

的人更似蛇一样一层层蜕干裂紫黑的皮。这种毒日头天多起来,便容易形成山里最可怕的一种天象——干雷暴。

毒日头的天空下飘来几朵厚云,相互猛烈地撞击交错——

咔嚓嚓——

轰隆隆——

天雷滚滚,产生强大的雷鸣电闪——

这种天气并不会伴随大风大雨,相反,一阵纵横劈闪的天雷后毒日头便恢复了本来面目,但是往往可怕的事情也随之发生,那便是雷击火!

雷击可以造成一棵或数棵大数的瞬时炸燃,大火直击树冠,树冠火也随之飘飞散落,造成附近植被的快速燃烧,进一步燃烧,可怕的雷击山火便形成了。来山场的这段时日,王志杰见识了山里的天雨如瀑,更见识了山里的干雷烈火。

那个谁也没有在意的晌午,几声喱喱的干雷暴后,毒日头越发毒辣,汗水从人头顶冒出,聚在眼皮灌入眼眶,杀得抬杠的兄弟们睁不开眼,讨厌的蚊子也被毒日头晒昏了头,都懒得喝血,只嗡嗡地乱叫,扰得人心烦意乱。

远远地,起了一道烟柱,有个去林子里撒尿的兄弟发现了情况,从嗓子眼里钻出细小的一声嘀咕,正在小憩片刻的兄弟们连眼皮也懒得动,根本没有理会。发现情况的兄弟一开始也以为是帐篷做饭的烟火,但一泡尿撒尽的时候,人清醒过来,不对呀,不是那个方位呀,整个人一激灵,大声喊起来。这个时候烟柱变得浓黑,直窜半空,深烟下红色的火焰也清晰可见,烟柱已经变成了火魔,露出狰狞可怖的面目。

那时周山手里已经抄起抬杠,准备和兄弟们顶着烈日再大干一场,被眼前突发的状况惊呆了几秒,心口剧烈地起伏着,很快他回过神来,快速查看起火的位置和周边的地形。眼前的火是烟柱形,还没有形成扩散吞噬的威力,要趁着火魔还没肆虐,迅速出击就地擒魔,这样可以将一切损失减到最小。兄弟们平时是出工出力的工人,有火灾险情时摇身一变就是迎战火魔的战士!周山目光如炬,扫向大家,大喊一声,"兄弟们,给咱一人撅一根桦木条,把火必须给咱摁灭了!"

周山已经灭过多起这样的雷击火和人为火,打火,他和兄弟们是有一定作战经验的,但眼下连最基本的二号工具(像拖把一样的打火工具)都没有,只能就地取材,取一些有柔韧性、带枝叶的桦树枝条作为打火工具。毕竟火场就在眼前,毕竟火势还未扩大,抢抓住眼前的机会就能救万千林木于火海。周山没有迟疑徘徊的时间,像战场上的指挥官,果断研判,果断下达攻击命令,誓要给火魔以致命一击。

方才还昏昏欲睡的兄弟们为之一振,军令如山!大伙儿动作干脆利落,不消一会儿已经准备好了"战斗工具",周山跑在最前面,带领兄弟们如下山猛虎般呼啦啦冲向火魔。

谁也没有想到,火魔形成的时间是那样短暂,火魔的威力是那样强大,没等兄弟们近身,烟柱已经摇身一变成了一片火海。风向陡变,烈火嘶鸣,裹挟着滚滚烟雾扑面而来。

如果不撤下来,被这股火头裹进去,后果不堪设想,可此时后退,顺着风跑又会被源源不断的浓烟呛坏,后果同样可怕。经验丰富的周山立时让兄弟们停下进攻的步伐,在原地用洋火引燃杂草,烧出一片人为的火烧迹地,兄弟们用桦木枝条将地上的火打灭,周山高叫着让兄弟们趴下并用双手尽量扒出湿润的泥坑,将脸朝向湿润的泥坑呼吸,好不被夹杂着草木灰的浓烟呛死。

回头再看王志杰,毫无打火经验的他已经被烟呛得剧咳连连,憋得说不出话来,说话间粉红的浓烟滚滚顺风袭来。周山瞬间将系在裤腰上的一条擦汗毛巾解下扔在地上,大声对王志杰喊:"给我尿,往上呲尿!"王志杰傻了,不懂啊,连连摇头,根本尿不出来啊,他也不知道连长这是要干啥。周山没有更多的时间去解释,自己褪下裤子向毛巾上尿尿。王志杰哪里懂得,湿润的毛巾就是最简单的防毒面具,这样的毛巾捂住口鼻能让人吸上过滤后的新鲜空气,人就不会因窒息死亡。此时浓烟更盛,王志杰感觉就要被呛死了。周山一把将湿湿的毛巾递给王志杰,"快,用湿毛巾捂住口鼻,快!""不不不……"王志杰说了一串不。还没反应过来,周山伸

手将毛巾捂在了王志杰的口鼻上,同时按着王志杰卧倒。也就在一瞬之间,火头到了,一股排山倒海似的热浪伴随着烈火浓烟滚滚呼啸而过……

火头瞬时而过,如果不是这一片被人为点燃过的火烧迹地,那么火借风势,早已将卷在其中的人吞噬殆尽。但眼下却大相径庭,火魔像一条被抽了筋骨的苍龙,冲到火烧迹地边的时候就失去了原有的威力,火势被压制下去,恢复了平静。

滚滚浓烟中,烈焰炙烤下,王志杰仍呼吸自如,全因有了那一条救命的湿毛巾。火势已去,余威犹在,周山大喝一声:"兄弟们快打火!"

兄弟们从趴着的姿势蹦起来,像从掩体窜出来进攻的战士,立刻狠命扑打零星的余火。在几十号兄弟的团团围打下,火患终于偃旗息鼓。

兄弟们个个被烟火熏得乌漆麻黑,活像个烤土豆,只有转动的白眼仁和一笑时露出的白牙才能看出他们是活生生的人,真让人啼笑皆非。

方才的一幕,王志杰感觉像梦境一样,先谢了连长的关照之情,然后不停地用黑黑的手背擦黑黑的嘴唇。奇了怪了,那股尿骚味咋蹭不净呢?越想越有味道,王志杰被尿骚味呛得直呕,小声嘀咕了句,"连长,你上火了吧,回头吃点药,呕——呕——"断断续续呕了一道,兄弟们也笑了一路。

历练多了,便不再觉生活的苦是真苦。

这天,王志杰抬了一杠,活动开了筋骨,浑身竟然有一种非常舒服的感觉,他回头再抬第二杠时竟看见了连长。连长和隋友文一副杠,连长身材魁梧,隋友文身材单细,似乎是挺可笑的一对搭档。王志杰感觉到了自己和他们的差距,他们这一杠,抬的径级不小,四个人脚下生风,走得就像草上飞,步伐非常快又非常稳,起杠、抬杠、落杠动作利落、娴熟、干净,没有一丝拖泥带水,让人不得不生敬畏之心。他并不是只佩服连长,更加佩服隋友文,真不愧是能文能武,耍笔杆子一气呵成,抬大木头更从容不迫,连队真是卧虎藏龙的地方!

兄弟们挥汗如雨,落了杠,随便开几句玩笑解解乏;起了杠,就屏气凝神,专注如一。抬小径级木头的时候,兄弟们是不用喊号子的,如果抬"大五〇"或是更大的,那高昂而富有节奏的号子就必须喊起来,没有号子的硬杠就像看没有字幕的外国影片,就像鸟儿没了翅膀,就像炖红烧肉没有盐巴,缺了最重要的一环,没劲透顶!

周山将掐钩搭在了一根"大五〇"上,隋友文犹豫了一下,看了看鬓角霜白的连长,嘴皮动了动。周山一扬眉,意思少啰唆,哈腰杠起。连长从王志杰的身边走过,密密匝匝的汗珠布满了额头,王志杰也注意到了连长霜白的鬓角,他的鼻腔发酸,眼眶溢泪。见王志杰向大径级材走过去,掐了一根"大五〇",小广安迟疑了一下。王志杰笑笑,"小广安师傅,我想学抬杠号子了,咱唱一遍!"本来是想着照顾新人的,可王志杰自己要抬大的,小广安也就无话可说了。其实小广安的心里早就闷得快透不过气来,他早已红了眼圈,这是在心疼连长,外人不知道连长的腰伤不足为怪,可他和连长是一起摸爬滚打多年的兄弟,那次事故历历在目。连长从大跳上摔下,生生摔断了四根肋骨,腰椎错位,如果不是一位医术高超的赤脚医生及时将他支出的腰椎复位,那连长早就瘫在炕上了!受过这样的大伤,那腰还能再吃硬吗?小广安和兄弟们的想法是一样的:连长哪里有一点连长的架子?连长难道不是我们真正的父兄?连长的心里只有国家、任务和兄弟们,唯独没有他自己!王志杰的做法暗合了小广安之意,既然连长执意要抬,那就和他抢大个的抬,这样他也能轻巧一点。哈腰杠起,痛快淋漓的号子随着稳健的步伐瞬间嘹亮吼起。

哈腰挂呀——嗨哟——

走起来了——嗨哟——

挺起腰啊——嗨哟——

向前走啊——嗨哟——

这一杠落下,那边杠起,那边杠落,又有杠起,一杠连着一杠,一杠撵着一杠。抬杠的号子也此起彼伏,铮铮作响。

铁肩

哈腰挂呀——嗨哟——

脚下看呢——嗨哟——

杠要稳啊——嗨哟——

莫松手啊——嗨哟——

坚持住啊——嗨哟——

吃白馍呀——嗨哟——

吃肥肉呀——嗨哟——

　　早上抬杠，还有点凉风，待太阳能照到人的时候，秋老虎的威力也是不可小视，几趟杠下来，每个兄弟头上脸上汗水都是淌成绺，背心被汗水塌透，析出的盐碱白花花一片印在衣裤上，放下杠就得用毛巾好好擦一把脸上和脖梗子上的汗。嗓子不是冒火，是喷火，走两趟杠就得喝一瓢山泉，好在山有多高水就有多高，哪个作业点都有兄弟们用锹挖出的泉眼，这水清澈甘甜，就是不能喝得太急，冰得炸牙。

　　山泉是解渴，但是毕竟是生水凉水，喝几瓢下去，人的胃就有些不舒服了，但是又不能不喝，不喝嗓子得窜出火来，得干巴死。就这么咕咚咕咚往胃里灌冷水，火热的胃加上冰骨的山泉真是冰火两重天，嘴巴是快活了，难受的是胃。很多人的胃病就是这么坐下的，但是没人会在意，也没人会说，在兄弟们的心中，除了任务是天大的事，一切个人的事简直是微不足道，不值一提！可谁又会想到，若干年后，这种革命的战天斗地的大无畏精神就成了传承后世的大兴安岭人精神！让后人高山仰止！

　　谁也没有想到，杏儿和张大嫂会往作业点用水桶挑浓浓的绿豆汤，大帐离生产作业点并不近，山路陡峭弯长，两个女人一人挑着两大桶上来了，身上的衣服也就全被汗水沔透了。她们渴了，就趴在山泉眼咕咚咕咚喝半天，一口也舍不得喝那浓浓的绿豆汤。兄弟们有了这温暖的解暑汤，胃里暖暖的，身上的乏累一扫而光。

　　周山凝着眉头说她俩，"张大嫂，杏儿，兄弟们能就着大饼喝口热乎汤，这确实挺好，可是你俩也太辛苦了，挑着两个大桶，这点路就得走一个多小时,百十号兄弟们的伙食就够你们忙的了,明天可不许来了!"

所有兄弟听连长这么说,瞬间觉得很不好意思起来,还是连长想得周全,全连队烧火做饭就压在这两个瘦弱的女人身上,咋好意思还这么往死里折腾人家,如果这是自己的姐妹、自己的母亲,自己舍得吗?答案显然是不!

所有兄弟纷纷说话,话不同,但意思都是兄弟们喝着山泉就着大饼甭提多自在了,不比这绿豆汤差,真的不用送了。

杏儿一听连长不让再送绿豆汤,看着同志们一个个被汗水塌透,心疼得又咬嘴唇。还是张大嫂会说话,她并不违抗连长的命令,只是带着笑意说:"连长,采伐组的兄弟们太分散,我和杏儿想送也送不过去,抬杠组的人员集中,也最辛苦,咱们送一趟,兄弟们都能喝上一碗热乎的绿豆汤。要是忙得过来,没啥事了,就送一趟,要是忙不过来,就不来,您看行吗?"她这么说,周山就没有啥硬要拒绝的道理,只得说:"那好吧,不过你们真的不用硬撑着,上百号人的早饭、晚饭,还有中午带的几百张大饼,就你两个女人,够受的。还有,这满山放树,抢抓任务呢,没人会注意你俩,也顾不过来,百十米外被树杈崩着了也是要命的事。再有就是林子里野兽横行,太不安全,以后最好还是别来了!"

张大嫂轻声说:"知道了连长,我们会小心的。"

杏儿来到作业点,那就是一道风景,带着青春气息,朝气蓬勃,美丽如花,大家伙嘻嘻哈哈闹上几句,整个作业点就被快乐包围着。杏儿她们就带了几只碗,所以大家伙就轮流着喝绿豆汤。第一碗给了连长,连长马上传下去,让兄弟们先喝,接到的兄弟又往下传,这种谦让已经成了风气。这时又有人给王志杰揭开了一个谜底,"知道你刚来的时候,你最后一个盛菜,为啥总剩汤不?你以为兄弟们都是狼吞虎咽自私自利的主儿?其实压根不是你想的那样,兄弟们那是看你不顺眼,故意给你难堪。连队的兄弟们就是这个样子,直来直去不会拐弯,你想想为啥现在你最后一个打菜,两碗也盛不完就明白了!"王志杰不时地推推眼镜,被汗水冲刷着的眼镜似乎并不愿意待在鼻梁上,他抿着嘴笑,心里涌过一股暖流,轻声说:

"知道,兄弟们其实都是热心肠。"

趁着喝绿豆汤休息的空儿,王志杰特意凑到连长的身边,想看看被人称为铁肩的肩到底是个啥样子。

他终于看到了,也被惊到了。

那是怎样的一副肩膀啊!古铜色,一簇硬硬的肉垫,一层厚厚的硬壳,就像一副泛着铁器光亮的铠甲扣在肩上,担天担地。这不是一朝一夕就能磨炼出来的"重型装备",这是长年累月的坚持与毅力凝聚的成果。王志杰的眼里充满敬畏的光。

正看得入神,杏儿端着一碗绿豆汤递到了王志杰的手里,这待遇,只有连长才有的,羡慕死人了。王志杰的脸倏地红透,推开碗说:"我喝过了,真的不渴了,让别的同志喝吧。"杏儿不高兴了,就端着碗不走,嘟囔道:"都喝过来了,你身子弱再喝一碗吧。"

"噢——噢——"大伙开始起哄,一些酸不拉叽的话开始满天飞了。那一刻,隋友文才如梦方醒,这个叫杏儿的女孩子的心已经不在自己身上了,他的心好疼,剜着疼。王志杰和杏儿在一起的时间并不长,也就是见缝插针似的见见面说说话,两个人都忙啊,忙得脚打后脑勺,忙得像热锅上的蚂蚁,根本没有时间停下来,也不敢停下来,没有过多的时间独处。但越是没条件,两颗年轻的心反倒越热切。两个年轻人就见缝插针利用一切时间谈天说地、谈情说爱。私下里,王志杰对杏儿的称呼就变成了丫头,丫头长丫头短地叫杏儿。杏儿从心里接纳这个称谓,丫头这个称谓亲切贴心,贴心得似乎没有间隙,这个称谓似乎还有一种怜爱关心和不离不弃的含义,总之丫头这个词挠到了杏儿的痒处,杏儿开心得不得了。杏儿觉得她的生命中已经对这个人有了深深的依恋,似乎离不开这个人了,两人躺在草地一起看星星的时候杏儿忽然试探着问他:"你啥时候走啊?"

"走?往哪走?"王志杰一头雾水,侧过脸,借着星光看她秀美清瘦的面容。

杏儿哼了一声,"揣着明白装糊涂,你还能在这山沟沟里扎根了,我不信。"

王志杰反应过来,急忙说:"这山沟沟怎么了,咱这山沟沟美得不得了,我呀一辈子还就扎在这山沟沟里了!"

杏儿伸出手摸摸他的额头,嗤嗤地笑了,"这孩子没发烧吧,乱说瞎话,这小山沟沟有啥美的,哪有你们大城市美啊。"杏儿也侧过脸儿,细心地看他的表情。都说眼睛是不会说谎的,她要看个真真切切,就一直盯着他的眼睛,盯到他不舒服,眼神有些慌乱。

"你这个傻丫头,你是不识庐山真面目,只缘身在此山中!"

"别跟我乱转文,好好说话,翻译一下。"

"是,李山杏同志!"

"噗,哈哈哈!"杏儿大笑出声。

"丫头,说真的,咱们林区真的挺美的,我早被这儿的美景迷住了。连大文人都对这儿赞不绝口呢。"

"哪个大文人夸林区,咋夸的?"

王志杰眼里闪着光,"你知道吗,一九六一年大作家老舍来林区观光时赋诗一首,专门夸了咱林区:蝉声不到兴安岭,云冷风清暑自收。高岭苍茫低岭翠,幼林明媚母林幽。黄金时节千山雪,碧玉溪潭五月秋。消息松涛人语里,良材广厦遍神州。"

杏儿鼓掌欢呼,"大作家就是大作家,把咱林区写得真好,你这孩子懂得还真多啊。"

王志杰美美地笑,说得更起劲了,"丫头,你知道吗?大作家叶圣陶和老舍一同来咱林区的,他一看老舍都赋诗一首了,自己也不能落后啊,他呀,也即兴作了一首夸咱林区的诗。"

"是吗?"杏儿将眼睛眯成了弯弯的月,嚷嚷着,"快读给我听。"她索性翻身趴好,托着下巴静静地听,眼睛一眨也不眨地盯着他看,对他的博学多才充满了崇拜之情。

"波梳水草成文理,澄澈甘河天影蓝。高柳临流蝉绝响,清秋景色宛江南。"

杏儿的文化并不高,但她听得懂这优美的诗句,细细品咂,境界奇美。

王志杰时常给杏儿背诵名人的诗句,他还时常给杏儿背诵自己写的诗句。不是有句话说每个人心中其实都隐藏着一个文学梦吗?杏儿也不例外,杏儿崇拜有知识有文化的人,杏儿每次看王志杰的眼神都是暖暖,像蜜糖一样的,腻在他的身上。杏儿咯咯地笑道:"以后咋称呼你这个孩子呢?一个抬大木头的诗人?一个诗人一样的抬木工?哈哈哈哈!"杏儿自己笑得直不起腰。

王志杰就以杏儿的这句话当场做了一首诗,名字就叫《抬大木头的诗人》:

> 我们用青春编织一道彩绳
>
> 我们用信念穿起一副沉重的抬杠
>
> 我们挺起脊梁
>
> 我们有最硬的骨头
>
> 前行
>
> 我们都是生活的歌者
>
> 我们抬起山川
>
> 我们抬起年轮
>
> 我们抬起岁月
>
> 我们铿锵前进
>
> 我们每个人都是生活中的诗人
>
> 我们有战士一样坚毅的眼神
>
> 我们的汗水一滴两滴三滴
>
> 无数滴交织在一起
>
> 一步一重天
>
> 我们前行
>
> 向着太阳一直前行

杏儿的小嘴就成了鸭蛋圆,惊呆了,心道这也太厉害了。杏儿就娇羞地对他说:"你也读了半天诗了,说,想要啥奖励。"王志杰也翻身趴好,托着下巴看杏儿,笑着对她说:"我想吃酸菜猪肉馅的大饺子,汤汁很多的那种,一咬流油,我吃满满一大盘子,还要蘸香油酱油吃,还要有辣椒油,还要有大头的蒜瓣。"

杏儿咯咯地笑他,用手"拍打"他,"你是猪啊,净想着吃,你的目标太远了,说点实际的,说想要啥奖励。"杏儿眨巴着大眼睛,身子往前挪了挪,小脸就快贴到他的脸上了。心想:"这孩子不会这么瓜吧?"

王志杰似乎挖肠倒肚子想,"那明天给我炸一小碗辣椒油吧,我看你后厨还有干辣椒啊……"

"哎呀——你这个吃货,除了吃,还知道啥。"杏儿嘴嘟得老高,心里开骂:"真是个棒槌啊。"她正怒气冲天呢,脑门上忽然一热,他给了她一个柔柔的吻,一个无声无息的吻,"不早了,回帐篷休息吧,明儿个还得起早。"说完话人已经走出很远了。杏儿心里这个美,蹦跳着追他,"臭孩子你太坏了,你给我站住!竟敢对我使坏,看我不告诉干爹收拾你!"

两人的感情迅速升温,两颗心已经形影不离。对这种感情王志杰并不想张扬,越低调越好,可杏儿的做法和他的做法南辕北辙,恨不得拿个大喇叭广播一下。这下王志杰很难堪,他觉着感情是感情,工作是工作,那是两码事,不要事事将两样都扯到一起,今天这个局面,让他有些找不到台阶下。同样找不着台阶的还有隋友文,他似乎感觉到兄弟们异样的目光,一个先到连队的组长加秘书,竟然输给了一个新来的"四眼"!丢人啊!心不甘啊!这毫不避讳的卿卿我我,实在让他坐不住了,他气哄哄站起来,扯个嗓子喊:"有啥好看的,都起来干活了!"

大伙抄起杠,开工。王志杰也倏地起身,被杏儿拦在面前,她涨红着脸说:"再忙也不差喝碗汤的时间,喝了!"杏儿端着碗,执拗地拦着他。

"杏儿,大伙都看着呢,这样不好。"王志杰极力压低声音,用余光扫到那么多注视的目光。

"咋了?有啥啊,你本来就是带伤出工,多喝碗汤咋了!"杏儿的嗓门挺高,似乎在给谁听一样。

王志杰的汗从脖梗里涌出来。"杏儿,你小点声,这不是行不行的事,都是兄弟,都是同志,我怎么还享受特殊待遇呢,最后这一碗你给连长端过去,他更需要。"推让间两人却发现不妙,别人早都消汗了,但连长似乎还在不停地冒冷汗,汗珠挂在鼻尖上不往下淌。杏儿确实懂一些中医的,大病初愈或极虚之症才有聚汗成珠、挂而不流之说,看来连长的旧疾在迅猛复发,他真的不能再干了,他这不是在干活儿,这是在拼命!

周山手按在腰上,也慢慢站起来,抄杠。杏儿一把去夺了他的杠,"干爹,你的脸色这么难看,你一定是旧伤复发了,不能再干活儿了!"

所有人陆续发现这个情况,都心疼地眼巴巴望着连长,都劝他不能再干了。

"瞎邪乎啥!"周山笑了笑,用手挥去了满脸的汗珠,"杏儿,你俩该回去了,大伙也马上归位,天黑之前,得把活儿干完,爬山虎、马套子拽过来多少,咱就得干多少,都得归好楞,差一根也不行!"

"连长!"隋友文近乎咆哮,"我保证,如果我们组没完成任务,我任你处罚,我拿脑袋担保!但您不能再干了,您得回帐篷休息,杏儿,你扶连长回去!"

"是啊是啊!"

"连长,你不能再干了!"

所有兄弟们眼巴巴望着连长,异口同声。

"磨叽啥,这原条都堆成山了,咱去大帐躲清闲去,哪的道理?听咱的命令,抄杠干活儿!"

心疼归心疼,可是没有人能给连长下命令。

杏儿一步三回头,不情不愿地走了。王志杰用余光看了眼杏儿,也抄杠干活。

隋友文把小广安推给连长,"连长,您有腰伤,就和小广安师傅一个杠吧,抬小一点的。"周山望着兄弟们,也不好再拒绝,就和小广安一个杠。为啥要把连长和小广安配一副杠?道理很简单,小广安师傅肩硬会照顾人,又因为他个子小,力量是向矮个子一边坠的,所以只要是高个子和他搭杠,都能轻巧不少。周山领会兄弟们的意图,但并不想占兄弟的便宜,他将杠绳往自己这边挪了不少,重力向他这边转移,这样俩人的力量又均摊了。小广安可是曾经和连长一个战壕里出来的兄弟,咋能不关照连长。他不但将绳子拉回来,而且还"越界"不少。周山立起眼珠子,拿大嗓门吼他:"小广安,你这是瞧不起咱,咱的铁肩照你的差?"小广安嘻嘻一笑,"连长,你就莫拿我开涮了,整个连里,你的铁肩那是无人能敌,你这不是有伤在身吗?四眼有伤的时候,你不也吩咐照顾他吗?轮到过(个)人了,也要一视同仁撒,不能因为你官大,就欺负过人的身体,嘞个说不过去嘛,嘿嘿!"小广安说得有理有据,一时让连长哑言,也只能任着小广安性子。小广安绕过所有的大木头,专挑小个头的抬,连长又有些怒,"小广安,你真拿咱当病猫了,你这么让着咱,咱还挑个头最小的抬,这像话吗?小广安,你小子想偷奸耍滑可别带上咱,咱可跟你丢不起那人!咱不跟你一副杠了还不行吗!"

"嘿嘿——别别。连长,嘞个你又说得不对了,这木头要分大小是不假,可哪一根不弄好你同意啊,不都得上楞吗?所以,革命分工不同,都是为人民服务的嘛,呵呵!"

小广安仗着岁数大,又总是开玩笑,四两拨千斤一样将连长的有形之怒消化了,周山只得作罢。周山一直拖着伤腰和兄弟们一起干,兄弟们哪还有不拼了命的。虽然任务量增加了,但是活儿干完的时间并没有拉长,和往常一样,这让周山长长舒了口气,心里的大石头总算撂地了。

隋友文和王志杰搭了一副杠,他问:"四眼,伤好得咋样了,咱俩搭一杠,我让着你点儿!"话好,但语气强硬,大有恃强凌弱之势。

王志杰笑笑回答:"组长,我的伤早好了,你千万别让着我,娇生惯养的孩子不好养,呵呵,再说,总让着我,我这硬肩得啥时候练得出来!"

隋友文斜睨他一眼,顿了一下,狠狠地说:"好样的,抄杠。"

清一色的"大五〇",掐钩搭上,哈腰就起。王志杰咬着后槽牙挺!他在心里也是真佩服隋友文,和自己一样单薄的身子,抬起木头来就像变了一个人,生猛如虎。撂杠返回,哈腰再起,没有停歇。再没有了半句废话,

有的只是响彻楞场的号子声。

哈腰挂呀——嗨哟——

脚下看呢——嗨哟——

杠要稳啊——嗨哟——

莫松手啊——嗨哟——

兄弟们啊——嗨哟——

挺起胸啊——嗨哟——

周山觉察了情况，撂下杠，折回来的时候朝隋友文喊话："大小木头穿插着抬，光抬'大五〇'，王志杰受不了，他的肩还没压出来！"

王志杰已经汗如狂雨，他撑着杠，大口大口拼命呼气，吸气，上气不接下气，"连长……我没事……呼呼……只有这么抬……我的肩……呼呼……才能压……出来……呼呼……"

隋友文不敢违抗连长的命令，就穿插着抬，但是脚下生风，一刻也不歇。王志杰渐渐支撑不住了，后来，他完全是凭着一股毅力在抬，他感觉大脑缺氧，他感觉腿像筛筛子，他感觉胸膛里总有一团热热的黏黏的液体不住地往上涌，这味道呛鼻反胃。

总算挨到了收工。王志杰真的虚脱了，半步也不想动。

隋友文过来拍拍他，"走了四眼。"感觉很黏手，原来是王志杰的肩膀又被压出了血，血水透出了衣衫。这么高强度的作业，别说刚来不久的王志杰，就是抬杠很久的老手也有些支撑不住了，有的走道像打摆子，有的老硬肩也被杀出了血水。隋友文对王志杰笑笑，一笑，干裂的嘴唇就洇出血来，王志杰指指他的嘴唇，隋友文用舌头一舔，又哼笑了一声，"没看出来，你还真是抬杠的料，咋样，没事吧。"

"啊，没事。"王志杰强撑着，表面上不动声色，其实眼冒金星，就是觉得直反胃，恶心得厉害。

"你的肩杀出血了，记着，到了帐篷赶紧脱衣服，晚了，就粘一起了，让兄弟们帮上点药末就没事了。"

王志杰感觉舒服一些了,说了句"谢谢组长关心,记住了"。

王志杰回到帐篷,隋友文将他推到帐篷的最里面,帮他的烂肩上药。杏儿一边上饭,一边四下寻着啥。等她上完饭菜,王志杰从帐篷最里面走出来,药已经上好了。

兄弟们都围观,纷纷称赞王志杰是个爷们! 有的说:"四眼,这一关哪个兄弟都得过,你的肩快压成了,这次再结痂,就成真正的硬肩了!"

杏儿忙着上饭,但是早匀出一只耳朵听他们说王志杰,她不用看也知道,他一定又挂了"彩",在心里直说:"真傻死了,没救!"那时候杏儿不知道王志杰伤有多重,以为只是抬杠又杀破了肩,所以没太当回事。

开饭了,兄弟们累坏了,仨一帮,俩一伙狼吞虎咽吃着大饼就白菜汤,那嘴吧唧得甭提多香了。王志杰是个例外,怔怔地瞅着饭菜,攥着筷子,没有半点食欲,脑门子上还直冒虚汗。

"孩子,你跟我出来一下。"顺着声音,王志杰才发现说话的是一个瘦瘦小小的老头,来了这么久,好像第一次在大帐里注意到这么个人,看岁数,得有六十开外了。

王志杰问了句"您贵姓"。

老头说:"连里的人都叫我老爷子,你也这么叫吧。"老爷子字正腔圆,但声音很柔和。

"老爷子,您找我有事?"

"出来说话吧。"

"那您还没吃饭?"

"没事,我老头子的饭不急,小丫头给我留着呢,待会再吃!"

王志杰半信半疑,在连里除了连长,谁还有这么大的口气啊? 他不明就里跟着老爷子到了帐外。

"孩子,我问你,你现在是不是很不舒服,胃里翻江倒海?"

王志杰一怔,"正是啊! 老爷子您真神了,我没跟您说过啊!"

"孩子,你这一天大木头抬得压出内伤了,以前没出过大力吧?"

王志杰点点头。

"你现在一直想呕,嘴里腥臭不是个滋味?"

"太对了老爷子,我现在真是一口东西也吃不下!"

"你记着我的话,一会如果从胃里往上返鲜血,你得含住,再咽回去,千万别吐出来,这口鲜血要是吐出来,你就一辈子也抬不了杠了。"

"老爷子,您——您——可别吓唬我,您说——我——会吐血?"他惊恐万分。

"孩子,我这把年岁咋能乱开玩笑,我大字不识一个,但经的事多,一辈子就在这大山里转悠,见过伤力的太多了,就有经验了。你太阳穴青筋暴起,大脖筋也紫黑,脸色恍白,这是压出内伤了,用老百姓的话讲,就是胃里出血了。解放前,我就抬大木头,反正从我记事起,我的爷爷和父亲就这么教我的,抬杠压出血,绝对不能吐出来,吐出来人就完了!"

王志杰怕了,汗立马又冒出来。

"来,把这个吃了! 老祖宗留下的东西还是最管用!"

"这是啥?"他边问边把一粒小红丸吃了。

"这是云南白药里的救命丸,不论内外伤,凡是红伤,都管用。"

"太谢谢——"话没说完,一股腥咸直冲脑门,鲜血溢了满口。

"给我咽回去!"老爷子暴瞪着双眼,大喝一声。

六

　　如果没有老爷子的这一声，王志杰死也不会再咽回这口污血。满嘴腥咸，那滋味，真是八辈子再也不想有。咽下去，难受得要死，呛得两眼直泛泪花。老爷子往死里掐按他胳膊弯的一个地方，那种酸疼真叫人受不了，王志杰抬大木头都没跪，掐那个地方竟然跪下了。说也奇怪，也就一分钟的事，真的没有了想呕的感觉。

　　"老爷子，您可真神了！您是中医大家啊！"

　　老爷子哈哈大笑，"啥大家啊，咱老祖宗留下不少好东西，毛主席让发扬中医中药，这是天大的好事，我也是跟老人学的，就懂个皮毛。刚才掐的是胳膊的一个穴位，叫尺泽穴，不管啥样的呕吐，一掐那准灵！"

　　王志杰使劲点头，"老爷子，真不知道咋感谢您！"

　　"人出门在外混，都是肩膀头一般齐的兄弟，说这话干哈。"

　　"老爷子，我没事了，咱回去吃饭吧！"

　　"孩子，谁吃饭都可以，就你不行，记着，今晚就别吃东西了，忍着点，明早也只能喝点稀的，让胃里的红伤养一养，还有，你得半个月不能抬杠了！"

　　"又不能抬杠了？老爷子，连长都亲自上阵了，我又猫冬了，这也说不过去啊！"王志杰急了，眼珠子快从镜片后面瞪出来了。

"傻孩子，你这是见红的内伤，不养养可不是闹着玩的，你不抬大木头，可以先去量尺，你不便跟连长说，我去跟他说。"

"这好吗？"王志杰一紧张就捏衣襟，"我觉得我怎么那么没用，像泥捏的，那么不经事儿，唉——"

"孩子，这你可说错了。你以前没出过大力，现在一下子干得这么猛，咋能受得了？好了，就听我的吧。回头我再拿药给你，一天服一丸，连服七天。"

也不知道老爷子是咋跟连长说的，总之，连长吩咐下去，"半个月之内，王志杰只能量尺杆，这是命令！"这话是说给王志杰的，也是说给大家伙的。命令这两字都用上了，兄弟们知道连长这话的分量有多重。下这道命令的时候，杏儿听得真真的。这道特赦令让杏儿打了一万个问号。问了连长才知道原来如此，她这个来气，顶着熊熊烈火去找隋友文算账，"隋友文，你和王志杰苦大仇深啊，往死里整人家，有意思吗？这还是革命同志？！"

隋友文也是强压怒火，表面还挺平静，"杏儿，睡糊涂了吧，你在说啥，我听不懂！莫名其妙！"

"装，使劲装！隋友文，你欺负老实人就长本事了吗？！"

"够了！"隋友文咆哮，指着她的眉心，"你别仗着连长是你干爹，就胡搅蛮缠，我告诉你，我隋友文还真不吃这一套！你说我打压兄弟，好啊，你去检举揭发，你去啊！有能耐，你让连长把我开了！"

杏儿气鼓鼓的，像个马上要炸裂的皮球，"隋友文，你还有理了！你还凶上了，耗子扛枪窝里横有啥本事，有能耐你找个铁肩去比比，王志杰连个硬肩都算不上，你欺负他只能说明你也是个软肩！"

"你说啥！"这句话深深刺痛了隋友文，在连队里说一个人的肩软，就跟说一个男人不行，是个吃软饭的一样，他真怒了，恶狠狠地瞪着杏儿，"你再说一遍试试！"

杏儿真是有点怕了，花容失色，身体慌乱地向后挪，险些跌倒，颤巍巍地说了句："咋了，我说的是事实，你还敢打人？"

隋友文的眼珠子快瞪出来了，紧握双拳，怔了半晌，忽然意识到了什么，垂下头，像是自言自语又像是对杏儿说，"我这是咋了，我咋跟杏儿发这么大的火。杏儿，我错了，你别跟我一般见识，我真是混蛋，我咋能对你大喊大叫——杏儿——你千万别生气——都是我的错！"

大丈夫能屈能伸本是褒义，但是他瞬间一百八十度的大转弯，让杏儿对他的反感成倍上升，杏儿都不知道咋丢了句过后想想似乎还很哲学的话，"教训你是我的事，原不原谅你是老天爷的事！"

杏儿过后一想到这句话，一想到隋友文木木地站在原地品这句话的样子就憋不住笑。杏儿心里这个痛快，让这个狂妄自大的隋友文吃些苦头简直是太有意思了。杏儿回味教训隋友文的过程，一想到隋友文凶神恶煞想打自己的样子就委屈，"这个臭小子还想对我动粗，动我一指头试试，我干爹说了，谁敢打我，那就是犯了死罪！哼！我干爹的铁拳可不是闹着玩的！"她并不打算将隋友文"欺负"她的事告诉干爹，可她的小快嘴不到十分钟就把隋友文给"卖"了，她想收回话已经来不及了。连长问她隋友文都咋欺负她了，她嘿嘿一笑，说其实也没啥，就是越来越烦那个臭小子了。

周山紧跟着就抽空找隋友文唠，"挺聪明个小伙子，惹杏儿干哈，气得那丫头直哭，咱都不知道咋劝。你也知道，杏儿就跟咱亲姑娘一样，咱可见不得她受委屈，这是第一次，咱不想有第二次，听见没！"杏儿根本就没有在他面前直哭那一出戏，这完全是周山自己想象，经过"艺术加工"填上去的，他是见不得、听不得谁欺负杏儿的，哪怕是一丁点儿也不行。周山的威目如秋风扫落叶一般，横扫着一切，隋友文怕了，嘟囔着，"连长，我对杏儿发脾气，那是我的不对，我认错，可是，四眼那小子也忒不是东西了！我跟他没完！"

"哎哎！友文，说你跟杏儿的事呢，扯人家王志杰干哈！"

"连长，这不秃头上的虱子明摆着的事吗？不是他向杏儿打小报告，那杏儿能对我发那么大的火吗？你猜猜杏儿说啥，说我打压欺负四眼！连长，你说说，这不胡扯吗？都是革命同志，都是干革命工作，我咋就叫打

压他了！这人呢，当面一套背后一套，你说可气不可气。连长你也知道，我问过王志杰八百回，我说你能不能抬杠，我甚至不让他抬，你去问问兄弟们。一看他那个粉面小生的样，我就知道他手无缚鸡之力，所以拣着轻巧活儿给他。可他呢？在杏儿和您面前逞英雄，又在背后诋毁我，原来杏儿对我多好啊，连长，这你知道，你看看四眼来了之后，整的我跟杏儿像阶级仇敌似的！连长，您要是不给我做主，我这个组长可干不下去了！把打压兄弟的大帽子扣给我，我能受得了吗！"隋友文越说越来气，蹲在地上像风箱一样呼呼喘粗气。

周山卷了根旱烟，递给他一支，自己又卷，半晌无语，急得隋友文一脑门子汗，不住地偷瞄连长，看他的反应。

"呵呵——"周山笑笑，终于说话了，"咱这是来教训你小子来了，没想到却让你给咱倒了一肚子苦水。友文，你知道，咱一直很器重你，你有文化有才能，可以说是文武双全，你将来的成就要远远大过咱。咱连的人，每一个人都是兄弟，都不容易，大度些，拿出你的高姿态来！别管王志杰告没告刁状，咱信你！你就往好了干，别的啥也别想！至于哄丫头开心嘛，这个咱就帮不上你了，咱不相信，你满肚子墨水成糨糊了，咋连个丫头都不会哄，还有脸在咱面前发牢骚！你要是认怂，那你就让道，好姑娘哪个小伙子不喜欢啊！啊——这个这个——就兴你隋友文喜欢，就兴你隋友文把着，别的好男儿都得绕着走，没这个说道吧？一家女百家求，能不能成事，这就看你小子的能耐了。咱再是丫头的干爹，咱也不能像旧社会那样包办婚姻吧！话再说回来，这搞对象，也得是两相情愿，不能是剃头的挑子一头热，那得你喜欢人家，人家也喜欢你才成，瞅瞅你，那点出息！你现在就是——我现在新学个词，正好用你身上，那就是典型的主观不努力，客观找原因！"

这一番话，让隋友文醍醐灌顶。是啊，发牢骚、乱使小性子不是一个当组长的该干的事，更不该是他隋友文该干的事。他跟连长表态，"放心吧连长，我知道该咋做了，以后杏儿不管咋说我，我也不跟她一般见识。"

"不但是不能跟丫头一般见识，对王志杰你也不能耍小聪明！"隋友文知道这是连长在敲打他,言外之意是不能打击报复王志杰。隋友文又说:"放心吧连长,我是啥人,您心里最清楚。"

周山点点头,"咱自认,这辈子识人还算有术,你忙去吧。"

隋友文刚要走,发现连长顺腮淌汗,倚在床边起身很是费力,他赶紧过去搀扶,"连长,您这是劳累过度,腰病犯了吧!"

"岁数大了,身体真是不抵了,这要是以前,咱能抬头牛满山跑!可也不能总往岁数上赖,你看老爷子都六十多了,那身体,棒小伙子也比不上!"

"连长,您不能那么比,您有旧伤在身,如果没伤,您的这一副铁肩别说连队,就是整个林场、整个林业局谁能比得了!"

"行了,别替咱瞎吹牛皮了!这地上的牛都被你们吹上天了!可能是咱这个当连长的没带好头,咋手底下的人一个比一个能吹牛拍马屁呢,好汉不提当年勇,咱总提过去有啥意思。忙你的去吧,记住了,咱的这点小毛病别出去乱说,明天咱还得跟兄弟们去抬杠!"

"连长,您还要抬杠?"隋友文杵在那,一脸的紫白色。

"傻愣着干哈,该干哈去干哈!"

"连长,您就不能听我句劝!"

"傻小子,要咱听你的,那得等你的官当得比咱大才行!咱这辈子听毛主席的话,听领导的话,听父母的话,听得够多了,你小子就别瞎凑热闹了,哪凉快去哪待着去吧!"

来劝连长的不止他一个,杏儿头一次来其实本打算就是来劝干爹别再抬杠的,可是说着说着就把隋友文给供出来了。在隋友文走之后,杏儿又来了,杏儿在连长吃饭的时候就发现了问题。她把饭菜给连长端过来,就发现他正光个大膀子用手够着腰在揉。干爹的性格她太懂了,他是打碎了牙往肚里咽,打断了胳膊往袖子里藏,认怂的事,干爹死也不干。

杏儿赶紧上前帮他揉腰,揉着腰这眼泪就吧嗒吧嗒往下掉。周山就逗她,"这丫头多大了,还动不动就哭鼻子,这眼泪咋这么不值钱!"

"就哭,丫头管不了您,丫头就气自己没用!呜呜——没本事替干爹

出力,也没本事说服干爹,自己哭还犯法了?呜呜——"

"哈哈——这孩子说的啥话,干爹没事,就是时间长了不活动筋骨的事,你看,你这么一揉,干爹立马好了。好了,不揉了。"他强撑着要坐起来,杏儿抽噎着说:"您别动,我是赤脚医生,您这回得听我的,现在咱俩是医患关系,不许拿官大压人,哼——"

杏儿的眼泪一掉,周山的心又软了,只得任其摆布。杏儿给他揉了好半天,又把压箱底的麝香虎骨膏拿出来给他贴上,这可是杏儿的宝贝,她自个扭伤了腰都没有舍得用过。

被杏儿"收拾"一通,别说,真的感觉好了许多。

杏儿也是见缝插针,开启心理战攻势,摇着他的胳膊道:"干爹,以后您就别干重活了,别抬大杠了,好不好嘛!"杏儿一心劝她的干爹好好疗伤休养。其实还有一个人几次让她去说这种话,那个人就是隋友文,他说"连长最听你的话,好好劝劝连长别让他再干了,这个连里也只有你能劝动他了"。杏儿后来烦隋友文,就认为他是揣着心眼献殷勤,漫不经心地打发他,"这个我自然会去说,用不着你瞎操心。"可转头一想,就算是隋友文要小心眼,但人家说得也没错,自己还是劝得少,以至于干爹旧疾复发。她觉得,不管啥人的话,甭管他出于啥目的,只要是好话总是要听一些的。所以,这次她做足了功课,准备搏一次。

"哈哈,这丫头。不好。"周山一句话把她的建议否了。

杏儿嘴撅得老高,赌气狼烟地发狠,"您再这么不爱惜自己的身子,我就不做饭了,也跟您上山抬木头。"

"又来?胡闹!"他的话语很轻,怕吓着杏儿,这句话从嘴里说出来并不像是训人,更像是在跟自己闺女撒娇。

杏儿得寸进尺,"干爹,我没有胡闹,我想好久了,人家尖刀连女子抬杠组早就有,她们行,我也行!从明天开始我就跟您搭一副杠,跟您一起抬大木头!"

"你这孩子,还得理不饶人了,你就老老实实做好你的饭。天不早了,回去睡觉!"

"我不!"

"你这孩子,咋不听干爹的话了!"

"您不讲理,我就不听!"

周山吹胡子瞪眼睛也没用,真是没辙了,这干姑娘耍起赖来,他不动之以情,晓之理怕是不行了,只得笑着哄她:"杏儿,你以为做饭容易,你们把一日三餐做得有滋有味,没有一次不是兄弟们回来就立马开饭,如果说兄弟们有啥功劳,你们后厨组也是功不可没啊!你要是上山抬大木头,让咱的这些兄弟们扎脖喝西北风啊!好钢得用在刀刃上,我闺女这块好钢就得用在后厨这块刀刃上,这叫人尽其才、才尽其用,把人乱用,那就乱了套了。"

"干爹,您说得太对了,您今天跟我摆道理,那好,我就跟您理论一下,您说我们后厨组功不可没,您说我干厨子就是人尽其才对吧?"

"没错呀?"

"那好,干爹,一个连队,您是领头雁,百十号人,整个安全生产是不是您一个人指挥?您就是我们的主心骨,您如果垮了,那整个连队就群龙无首,不要说完成任务,就是整个连队恐怕都散架子了,得乱成一锅糨糊。毛主席说过,革命工作只有分工不同!所以,我们只有站好自己的岗,才能更好地促进安全生产,没错吧!我当好我的厨子,而您就是当好您的连长,调度好千军万马,而不是混在力工堆里当一名力工,这又没错吧!"

"哈哈,你这个丫头。"周山挠挠头,真的被杏儿说得理屈词穷了,憋了好半天,才有了应对之策,"丫头,你这话说得似乎也没毛病,可你还不懂,咱往那一站,咱和兄弟们一起抬杠,那能鼓舞士气,振奋军心。你看,昨天的量加大了不少,但是收工的时间还和往常一样,这叫啥,这就是身先士卒的力量,咱都甩开膀子干,那兄弟们还有偷懒的!"

"干爹,这个道理丫头都懂,您说得没错,将军上阵杀敌,士兵哪有不拼命前冲的道理,可问题是,您已经在最前沿的阵地了,亲自指挥就行了。您的腰伤不管了?您伤得多重您不知道吗?我的爸爸,难道您忘了吗?您要再有个三长两短,我还上哪找爸爸给丫头撑腰啊,呜呜呜呜——"杏

儿说着说着，泣不成声。

爸爸这两个字戳中了周山的要害，他的眼丝也不禁泛红，都说男儿有泪不轻弹，那也只因未到伤心处，他哆嗦着燃了支烟，自言自语，"是啊，咱的好兄弟，你不知道，咱有多想你，咱总是梦见你，咱总是想起一起当兵，一起来林区，这些事，就好像在眼前一样……"越是念着，思念越是井喷似地从烟雾里出来，时光似乎倒回了一九五八年，那一年，开赴大兴安岭。他使劲揉了揉眼睛，影像越来越清晰……

一辆军用卡车在北国漫天飞舞的雪花中疾驰，帐篷车实在是不咋地，很不严实，将几十号退伍老兵冻得鼻涕成棍，响亮的喷嚏声被飞驰的车轮和呼啸的寒风碾压得无影无踪。车子在不停地奔跑，但是路况太差了，车轮子时不时就陷进深深的雪窝里，全车人下来连推带拽才能将卡车拽出来，个个累得气喘吁吁，冰碴子挂在了长长的睫毛上，汗却顺着棉军帽往脸上淌。上了车，静止下来，车子开动起来，呼号的狂风加上车子的速度让人又立马冻成了"冰棍"，兄弟们不得不挤成一团，用体温相互取暖。这么着几天下来，兄弟们可冻尿叽了，有的哭丧个脸嚎："这是啥鬼地方啊，都跑几天了，到底哪是个头啊?!"

连长就是连长，不但把最好的驾驶室的位置让给了一位年长的退伍兵，还风趣地逗大伙："咋了，怂包了，扛枪打仗没怕过，还被这冷天给治服了!"

"连长，你可说对了，扛枪打仗那是咱当兵的职责，死了也光荣，可咱没头没脑地往冰天雪地里钻，这要真冻死了，那可真是比窦娥还冤呢!"

哈哈哈哈——

一句话，逗笑了全车人。

车子终于开进了人迹罕至的深山老林，这个地方还有个名字，叫克一河，是鄂伦春语的音译名，是世代居住在林子里的鄂伦春人给起的，翻译过来叫靠近山弯的水，很有诗意的名字，周山觉着挺有意思。这个地方前不着村，后不着店，方圆几十公里无人烟，天地间白茫茫一色，甚至分不清东西南北。到了地儿并不是胜利了，反倒像到了预伏战场一样，得先挖沟做战壕。在连长的指挥下，兄弟们行动起来，他们砍小杆支帐篷，凿冰雪做饭菜，等大铁炉子烧得通红，铁皮烟囱冒出一股青烟的时候，他们的工棚，他们的连队之家也就正式拉开大幕开始运营了。那天，那个帐篷里烧得暖暖的，热得兄弟们脱得只剩大裤衩，当然还有光腚的，和在大卡车里冻得要死相比，这会儿就像是在天堂上。人啊，啥时候要学会知足。

吃的倒不用说，实实在在不咋地，只有些黄豆、豆饼、苞米面和盐。晚饭的菜是盐水煮黄豆，饭是苞米面大饼子。可兄弟们吃得这个香，简直就没吃过这么香的东西。周山说："兄弟们，先熬两天，等几天，山下就会给咱们送来米面菜，从现在起，咱的心都得沉下来，咱以后就老老实实在这大山里放树。不说兄弟们也都知道，现在咱国家百废待兴，啥都需要建设，不管建设啥都需要大木头，所以咱连的任务有多光荣就不用说了吧？咱是新中国社会主义建设的排头兵，咱多快好省地出大木头就是给国家建设做贡献！"那夜，周山说了很多，兄弟们热血沸腾，一心想着要大干一场。直到过了两天，一辆大卡车终于上山来了。车上没有连长说的米面油菜，只有一车干活的工具：快马子锯（单人锯）、大肚子锯（两个人用的锯）、大斧、掐钩、棕绳、成捆的铁线……十八般兵器一样样罗列开来，在雪地上铺了一地。看来要想把大木头放倒整下山并非那么简单！连长笑呵呵地对着兄弟们喊话："以后兄弟们就靠这些家把什吃饭了，先试试，看用啥顺手。"

这些拿惯了枪炮的退伍兵哄笑着，摆楞摆楞这个，摆楞摆楞那个，有一个人，一声不吭地奔着一件"兵器"而去，这个人就是杏儿的父亲李宝田。那些掐钩上面都有一个铁环，用一条铁丝贯穿着。李宝田力量很大，用手掰开铁丝，将掐钩一个一个抽出来。抽到最后，手里剩下一对，他的眼睛一直盯着这副掐钩，似孙悟空看到了定海神针一样，心跳得要蹦出来。有人就不明白了，说你挑啥呢，哪个掐钩还不一样抬木头啊？李宝田没有作声，一直笑眯眯看着这个造型有些古怪的神兵利器——掐钩。掐钩是抬杠的专用工具，长一尺多，弯似月牙，这个弧度是为了让其更牢靠地抓住大木头。这就好比人的手，你若想抓住人，得把五指缩回来，不能

平指着,掐钩做成弯月的道理就在此。掐钩的最下端又窝个锋利的回勾,作用还是一样,往大木头身上一叼,大木头就被牢牢地叼住,就像送进狼牙嘴里的肉一样,大木头休想脱身。

李宝田挑了一副上手的家把什,很是高兴,对连长说:"还是这玩意好,杠一穿,往肩上一搭,够载,咱哥俩试试。"

"试试就试试!"连长笑着走向一棵昨天被大斧放倒的树。

兄弟俩一副杠,又上来两个人组成一副杠,一共四个人,哈腰就起。

哎呀,腰是哈下去了,可没起来呀,大木头纹丝未动。

哈哈哈哈——

兄弟们乐弯了腰,笑出了泪,白吹了半天牛。

连长发愁了,满山遍野,一眼望不到边的大森林,抬一根咬牙切齿,这要是把一座连一座山的大木头都倒腾走,那有点像天方夜谭了!

李宝田看出连长的愁容,宽慰他:"连长,咱当兵打仗啥苦没吃过,啥罪没遭过,还让个大木头给咱难住了?来,再试试!这回咱别急,听老山把头说过,这抬大木头腰得挺直了,腿得绷紧了,屁股往后坐,一股子闷劲给杠挺起来!"

还别说,照他这么一做,杠还真是起来了,看来干啥都有窍门啊。就是这杠走得趔趔趄趄,走得龇牙咧嘴,走得汗珠子摔八瓣。

不管咋说,好歹起杠了,李宝田边走边叼咕着:"连长,这鬼东西还真是死沉。啥事都得琢磨啊,不琢磨出道道,还真不好闹啊,呵呵。"

第二天,老山把头又教了大伙抬杠号子,说抬杠不喊号子,那是瞎扯蛋!累死都不知道咋死的!

兄弟们就把响亮的号子吼起来,哈腰、咬牙、绷腿、挺胸、起杠、迈步!顺着号子的声调,步子就能悠起来,步调一致,节奏一致,大木头在身上似乎就轻了许多,一步一艰难,一步也一重天,号子也满楞场的响起,此起彼伏:

哈腰挂呀——嗨哟——

走起来了——嗨哟——

挺起腰啊——嗨哟——

向前走啊——嗨哟——

脚下看呢——嗨哟——

杠要稳啊——嗨哟——

……

周山不觉眼角湿湿的,深陷回忆,不能自拔。

"干爹,您咋了?"

杏儿的一句话才让周山缓过神来,回到现实,他侧过脸,说着"没啥,没啥"。

"干爹,"杏儿依在他的怀里,"你就是我的爸爸,最亲的爸爸。"合上眼,热泪滚烫滑过脸颊。

"好孩子——"周山摩挲着她黑黑的秀发,紧紧将她搂在怀里,"干爹听你的,先不去抬大木头了,等伤养好再说!"

周山从不服输,只是这腰的旧伤坑苦了他,现在出一次大力,这腰就跟断了一样,晚上更严重,疼得汗珠子拼拼(东北方言)往外冒,起夜都起好半天,这种痛,不靠一把一把的止疼片根本顶不住。

可是有劲使不上,他心里急啊,他挨个作业点转悠,帮着各个作业组想办法,抢任务……步履匆匆,没有一刻闲工夫。每个作业点每天都在向纵深推进,所以作业情况日日不同,遇到的困难也花样翻新。单说这人吧,有个病灾的,不可避免,和大木头打交道,有个磕磕碰碰,也是情理之中。至于倒套子的瘦马,那就更保不齐,病了伤了,如家常便饭。牲口这东西,它要是想不给你完活儿,那你是死活也拉不起来的。看似最有能耐的喝汽油、柴油的油锯、爬山虎就更不值一提,说灭火就灭火,说趴窝就趴窝,它可不管你是在高山角呢还是正过河,坑人的时候那真是一点商量都没有,你急死都没用。机器不动了,你置气没用,得千方百计找病因,你不修好它,它能趴那一万年,趴成一摊烂泥。

093

　　每天晚饭过后的安全生产调度会是必须要开的,开这个会为的是总结这一天的工作业绩和工作经验,再安排部署第二天的工作。安排第二天的工作只是一个理论上的生产指南,并非一成不变,你原定计划再好,到了第二天的实施阶段,哪块出一个变故,就会把全盘计划打乱,就得重新调度人马,遇到新情况就得摸清了,遇到困难就得克服了,遇到难题就得解决掉。考虑这些问题最多的人就是当连长的,连长就是部署工作和遇事当机立断拍板的。连长就是这一大家子的主心骨,得聚人心、谋干事。不管出了啥状况,作业点每天必须有源源不断的大树被放倒,必须有源源不断的原条和原木被归楞、装车、运下山,就像太阳东升西落一样,是自然,是规律,是忠诚!

　　这天,周山转到采伐二组,刚跟二组的兄弟们搭上话,刚要商量咋把遇到的新难题解决掉,话还没有唠透,就有人在后面呼哧带喘、磕磕巴巴地喊话,"连、连……连……连长……"

　　周山一看,这不嘎子吗,他还开玩笑,"你这个小崽子,咋跑这来了。咋的,磕巴也能传染啊,是不是被王志杰传染了!"

　　"连、连……连长……您跟运材车下山吧,司机师傅说奶奶她……她老人家想、想……想您了。"嘎子战战兢兢,用袖子抹了下一脑门子的汗珠。

　　周山疾步如飞向楞场而去。一车大木头已经装好,就等他了。兄弟们默默地注视着他们的连长,看他满脸的汗水,眼神从未有过的慌乱。在兄弟的脑海里,连长是泰山崩于前而色不改的,从没有见过如此的连长,看来纵然铁打的汉子,一听到娘这个字也受不了啊。连长在心里默念着,"娘,您可不能有事啊,您等着儿,等着树儿……"兄弟们想劝慰一下连长,可又不知道该说啥好,只能用沉默的注视表达关切,目送运材车驶出视野。

　　司机能体会到连长的心情,此刻连长汗如雨下。司机已经将油门踩到了底,车子在飞。连长对司机轻轻说了一句"慢点开兄弟,别急"。

　　司机小声地回了一句"是连长",才把车子稳下来,正常行驶。

运材车到了镇子,司机没有将运材车按惯例经后山拉到林业局的贮木场,而是直接开进了镇子里,开到了医院大门口。周山跳下车,腿一抖,跪在了地上,马上爬起来,飞跑,直奔医院病房。

透过玻璃窗,他看见了奄奄一息的老人家,看见了妻子花儿和两个孩子,看见了一脸木然穿白大褂的大夫。他推门而入,正对上花儿和两个孩子哭得红肿的眼睛,他冲过去,跪倒在老人家的床头。老人家微微睁开了眼睛,大口大口呼呼地吐气。周山声泪俱下道:"娘,树儿来了,树儿来了,不要怕啊娘,没事了娘,没事了,树儿来了……"

"树儿——"老人家开口了,这是她发急病以后,说的第一句话。

"娘,您认得我了,我就是树儿,您的儿子,您不孝的儿子。"周山轻轻地攥着老人家瘦得皮包骨的手,心如撕裂。

老人家瞳孔放大,断断续续地说道:"树儿,娘……不行了……娘……在等……你……娘拖累……你们……了……"老人家最后的时刻,头脑却异常的清醒。

"娘啊,儿不孝,儿不孝,对不起您老人家,没有照顾好您,我对不起您,对不起我爹临终前对儿的嘱托。"周山满眼热泪,他不敢大声哭出来,只能小声地说,望着娘,泪水如注。

"树儿……娘……再也不……能保护……你了……你过……来……让娘……再亲……亲你……的小脸……蛋……"老人家的手重重地垂了下去。

"娘娘,您别那么说,这次儿子不走了,树儿天天陪着您,天天让您亲树儿的小脸蛋,啊啊——娘——娘——"他抓住老人家垂下去的手,痛如剜心,"娘——娘——我不让您走——您走了,树儿咋办,树儿就再也没娘了——再也没娘了!啊啊——"

青松白桦林里,堆起一个坟包……

几天后,周山戴着重孝返回了连队。

得知连长老母亲病逝的消息,抬杠组的兄弟们自发地停喊了一天抬杠号子,任凭多重的重担压在肩上,这些铁铮铮的汉子用无声无息,用沉默似山,祭典亡灵!祭典英雄母亲!祭典重于大山的恩情!

七

王志杰觉得老爷子是个饱读诗书、深不可测的人,自己都吐了血,在西医看来,这胃出血可是不得了的大病,可是他竟然神不知鬼不觉地给治好了。这也让他更心生感慨——毛主席他老人家说要大力发扬中医中药的指示是多么的光辉伟大!

开始关注一个人,就觉着满眼都是这个人,后来,楞场作业点和采伐点挨着近的时候,他就有意识地去看看老爷子,看看老爷子被大伙说得出神入化的放树神功。

远远地就看见老爷子,随着嗨的一声,有力的臂膀在空中抡出一个优美的弧度准准地砍下去,开山斧就此完美收功,紧接着老爷子丹田提气,胸腔与口腔共鸣,铿锵有力地从喉咙里吼出一声"顺山倒喽——"

"顺——山——倒——喽——"这一声余音袅袅,久久在山谷回荡。

一棵百年大树,从根部发出轰轰隆隆如闷雷的暴响,随后渐变成打雷一样的咔嚓脆声,倒下去,遮天蔽日,摇着万千巨臂,以雷霆万钧之势向大山的一侧砸贯下去,越来越急,呼啸之风如万马奔腾,那一声贯地卧倒的巨响,龙吟虎啸,振聋发聩……

老爷子那个漂亮的抡斧动作,那个动作潇洒连贯、一鼓作气的堪称教科书般的抡斧姿态,像刀刻火烙一样印烫在王志杰的脑海里,挥之不去。

老爷子的开山斧很有年头了,斧头宽大平滑,是俄国人造的,别看年头久远,但被他保养得很好,斧把无虫蛀腐蚀,斧头油光铮亮,丝毫不减当年的威武霸气!

老爷子的开山斧,斧把长三尺一寸,用桦树帮节做成,用桦树帮节做成的斧把不走形、不开裂,不惧风吹日晒。斧头更是闪着银光,锋利无比,老爷子这把开山斧钢口好,轻易不卷刃。虽然这把斧头的杀气比不了关二爷的青龙偃月刀的吹毫可断,但挥将起来,任它百年老树也是须臾间"横尸山冈"。

老爷子砍杀的大树足以用一眼望不到边的山岭做比较。在油锯出现之前,这把开山斧年年为他老人家带来放树能手的荣光。其实老爷子放树的宝物不只开山斧一样,他还有一样上好的家把什,那就是一把快马子锯,这把快马子锯也是有来历的,锯身是日本人造的,锯身窄小,钢口硬,手指一弹能发出铮铮的清脆响亮的回音,十分锋利,用着透溜不夹锯。老爷子放树的时候,是用大斧放一棵,再用快马子锯放一棵,两样家把什换着使,干活的架势就不一样,用老爷子的话讲,干活就当休息了。所以,在点上干活,你啥时候也看不到老爷子在休息,他换个架势干活那就是休息。

其实连里已经有了更先进的伐木工具,那就是油锯,每个采伐组两台。油锯虽少,但工作效率已经远超人工。油锯是个好东西,可是再先进的东西也有弱点,那东西喝汽油,没油根本不转,油是紧缺物资,根本不能按时定量保障的,所以最原始的斧锯还是最有用和最可以信赖的工具。老爷子对这个所谓机械化的油锯是半拉眼也瞅不上,嫌它喝油,嫌它放臭屁冒黑烟,噪声大,能聒死个人,更嫌它总是趴窝熄火,今儿个坏个件,明儿个换个件,几个人在作业点上修,在帐篷里围一群人修,一天净捅咕这个铁疙瘩了。

连里的油锯清一色是哈尔滨林业机械厂仿苏联造的卫星牌油锯,一台油锯在油料充足、不开小差的时候,可以顶十个棒劳力放树的工作量,所以,油锯是连里的宝贝,专人专用。用油锯伐木时,要先轰油门,把油门

开到最大,再一点点收油门,双手得死死握着油锯把,放树的时候,人也得用劲压,人不用劲,锯链光打转,也不走道,放几棵树,人也是一身大汗。

在高山陡角用油锯放树得选好角度,人得站稳当了,还得把机械的力量管控好。油锯伐木速度很快,几分钟就能撂倒一棵大树,正因为快,所以安全问题更得重视,稍一闪失,就可能酿成惨祸。连长看着是粗枝大叶的人,实际心却很细,对于交代工作这件事,他是雷厉风行,但一提安全,他就一遍一遍地说,大会小会说,有事没事说,像个老妈子一样絮絮叨叨……

在战争中,他亲眼见过兄弟牺牲在眼前,那是一个刚刚十七岁的兄弟,英勇无比,被敌人的机枪打烂了肚子,肠子淌出来还一直拼杀。还有,一个将孩子照片揣在内衣兜里的年轻爸爸,他把红旗插上敌人的阵地,敌人的子弹穿过了他的头颅,他跪在军旗旁,死死地攥着军旗,军旗猎猎,迎风招展……

在和平年代,他同样见过兄弟牺牲在眼前,一根无情的原条砸断了英雄的忠骨……

往事如昨,却又历历在目,想到这些,他的心痛得滴血!

他实在不愿意看到这样的惨景再发生在自己的眼前,他知道有的兄弟背地里叫他老鹦鹉,嫌他老生常谈,总是磨叽安全那点事,可他并不生气,相反,他还挺乐,他的理论是:能叫咱老鹦鹉,就说明安全的事兄弟们入脑了。

放大树的时候,每组锯斧手之间最少要隔七八十米,要防止人员被大树砸伤,就是大树折断后崩飞的枝枝杈杈也要人命,所以必须保证安全的作业距离。

斧锯声纵横交错,往往又交融混杂在一起,满岭满山回荡着气势如虹的顺山倒号子,远远望去,一棵棵大树,此起彼伏争先恐后地倒下去,那么悲壮,那么美!惊起的飞雪遮天蔽日,气势如虹!

王志杰在心里暗念:"毛主席曾说,人间一切事物中,人是第一可宝贵的。在共产党的领导下,只要有了人,什么人间奇迹都可以创造出来!他老人家说得一点儿也不错,这些一腔热血、一身忠骨的兄弟们就是要在这大岭上创造出人间奇迹来!"

王志杰和杏儿聊天的时候自然而然就谈到老爷子,"杏儿,为什么你那么听老爷子的话?他说话好像比连长说话还管用。他的菜碗里风雨不误总有一勺肉片子,他那是实打实的小灶啊。"

"算你说着了,满连里,连长都吃不上小灶,就老爷子有!"

王志杰的眼里放出惊诧之色,虽然他知道老爷子德高望重,可他还是有些琢磨不透,"这可奇怪了,他是哪级领导啊?"

杏儿扑哧笑了,"哈哈——这你就不懂了吧,老爷子在咱连队里虽然不是官,咋说呢?如果这是放在旧社会,得管他叫山把头,很牛的!你不会连山把头也没听说过吧?"

王志杰摇头,"我真是不懂,什么是山把头?"

"真是傻孩子,今天我让你长长见识,你听我跟你白话啊。山把头总之就是很牛的人,要想砍这片林子,那得找山把头,山把头不点头,谁也别想动!我干爹说,老爷子在解放以前就是大岭的山把头。老爷子平常是不爱说话,可是连队里,他说出的话丁是丁卯是卯,是好使的,连我干爹都让他三分。"

"真的假的?"王志杰听得入了迷,笑着追问,"快说,有意思。"

"有意思吧?嘻嘻——你听着啊,咱们书接上回——"

"噗——"王志杰又被逗笑了,他的牙齿很白,笑起来有一颗小虎牙就显露出来,杏儿就爱看他笑,看他的小虎牙。其实王志杰有些愠怒或不好意思的时候更有意思,脸上红烫起来,不住地用手推眼镜,腼腆得像个小姑娘。有时候杏儿也寻思,得和王志杰好好学学了,自己咋咋呼呼的,还没有一个大男人稳重。

"嘿嘿——"杏儿的笑矜持了很多,把他拽得离自己近一些,"听我白话啊。老爷子呢,就是这片林子的山把头,我指的是这片,可不是一两个山头,总之呢,你站在山顶能看到的林子都是老爷子的势力范围,那权可老大了,振臂一呼,没人敢造次的,嘻嘻——这段是我加上去的。老爷子

熟悉兴安岭的山山水水、沟沟坎坎,用干爹的话讲,老爷子就是个活地图,他最大的能耐就是懂砍树的学问,凡是跟大木头有关的行当,老爷子都通,一肚子的本事!只可惜老爷子无儿无女无家,到底咋回事,这个我就不清楚了,总之呢,老爷子就以连队为家,以前夏季不生产,转季的时候,他就一个人在山上看着帐篷点,也不害怕。老爷子下套子啥的那叫个厉害,整点野味那是手到擒来,绝不含糊,你小子要有口福了!"

"哎哎!你这不是说到评书上去了吧,我怎么感觉像听评书呢。"

"傻样吧,我说的句句属实。"

"什么意思?"

"我听我干爹跟那些小组长开会,说咱们的伙食现在差了点,任务重,活儿太多,可是油水太少,油水跟不上,那铁人也是要放片的。可是没办法,咱们国家现在还很困难,我干爹说,绝不向国家伸手要,要听毛主席的教导,自力更生找肉吃。"

"噗——"他又笑出声。

"你傻笑啥?"杏儿秀眉一挑,气鼓鼓朝他凶。

"还找肉吃,那肉是树上结的松树塔啊,挂在树上让你摘。"

"要不说你这孩子读书读傻了,眼镜度数再高也没我干爹有智慧,那树上是没挂着肉,可那满山四条腿跑着的不都是肉吗?你们天天出工,碰着的野兽还少啊,我就听说你碰见过一只黑瞎子,吓得差点尿裤子,咯咯咯咯——"她捂嘴笑。

王志杰的脸一下红到耳根,他瞅瞅她,意思杏儿这个丫头咋这样啊,哪壶不开提哪壶!王志杰一想到这个事仍心有余悸,那天出工的时候,他肚子一直不得劲,咕咕噜噜地响,一会儿的工夫跑到林子里蹲了三回,兄弟们哈哈笑他,说他偷吃东西吃撑着了。他真是无力辩解了,肚子咕噜了一会儿又来了,再跑林子里蹲坑。忽然一个毛茸茸的东西蹭他的屁股,他有些来气,闹着玩还有追着人拉屎闹的吗?他骂了句"滚蛋别闹"。整个连队,嘎子和王志杰最处得来,也最愿意和他闹。嘎子以前也是个沉默寡言的人,和所有人保持着距离,后来王志杰来了,他发现这个人挺有文化,但是一点架子也没有，对谁都那么客客气气的，干活又实在，所以主动接触王志杰。渐渐俩人关系处得很好，有了打打闹闹，毕竟都是二十来岁的年轻人。嘎子对王志杰好的另一个原因，恐怕只有嘎子自己知道，那就是王志杰真是厉害，将杏儿追到了手，那可是他望尘莫及的仙女。不管咋说，自己喜欢的仙女跟了自己最好的兄弟，总比跟外人强。这个"外人"当然指的是隋友文，在嘎子的眼里，隋友文是领导，是令行禁止的上司，和王志杰有本质上的区别，王志杰是他的工友加兄弟，难兄难弟的关系，所以，天然的亲切。要说嘎子也是苦命的孩子，父母早亡，小小年纪就进了生产连队，成了一名年龄不大的老工人。嘎子是个山场通，山场的活儿都通，就是不爱与人沟通，像个哑巴，王志杰没来的时候，他就是个独行侠。王志杰来了以后，他偷偷观察这个人，发现这个人有意思，虽然有洁癖，但特别平易近人，特别彬彬有礼，特别是王志杰给兄弟打洗脚水的事震惊了他，这样的人能够抱得美人归，实在是让人心服口服。隋友文和王志杰的暗暗较劲他全看在眼里，他是王志杰和隋友文的后杠，王志杰可能永远也不会知道，有一个叫嘎子的兄弟一直在默默帮他。抬过大木头的人都晓得，后杠往前挪一寸，那前杠轻巧得可不止两寸，嘎子一直在充当这个无名英雄，尤其在王志杰的肩压坏了以后，他都是悄无声息地将掐勾往前一挪再挪，替前杠的王志杰分担重量！嘎子和王志杰好，嘎子有了笑模样，嘎子愿意和王志杰嬉闹，可是他不知道咋开玩笑，他就有事儿没事儿不分场合地点地捅咕王志杰，害王志杰出了不少糗，王志杰就满楞场满帐篷地追着搋他。嘎子就嘿嘿地傻笑，嘎子觉着这就是最开心的事儿。

王志杰感觉屁股被毛茸茸的东西蹭，第一反应就是嘎子在开他的玩笑，否则还能是啥？

还能是啥？王志杰的嘴巴合不上了，哆哆嗦嗦又向后瞥了一眼，便提起裤子妈呀爹呀地往点上跑。他蹲坑的地方并不远，兄弟们来来回回抬杠看得清清楚楚，所以他跑过来的时候，兄弟们都停下手里的活儿去迎他，有人最先看清了它身后是一头熊，一头并不大的小熊。在点儿上干活，碰到熊啊狼啊一类的野兽可以说是家常便饭了，除了王志杰大惊小

101

怪,其他人并没太当回事,更何况遇上的只是一头小熊。那头小熊也好奇地向这边望,这边的人可能太多了,吓得它掉腚跑林子里了……

王志杰愣怔了半天,杏儿打断他,"想啥呢,想媳妇了吧,哈哈哈哈——"

王志杰才回到现实,傻笑一下,"哪来的媳妇啊!"

杏儿还继续教育他,"来我们大兴安也挺久了吧,没听说过'棒打狍子瓢舀鱼,野鸡飞到饭锅里'呀?我跟你说,我做的饭菜里,你吃到的肉,兔子啦,野鸡啦,狍子啦,都是老爷子的功劳,没老爷子下夹子遛套,你们吃肉,想都别想!去年冬天,老爷子还整了一头大野猪,那猪真大啊,足有五百斤……"杏儿扬着脖,一抹鼻尖,意思这下服气了吧?

王志杰真是震惊了,"这么多事我怎么不知道。"

杏儿扑哧笑了,"你以为你是谁,连里做啥事还得向你汇报!"

王志杰也咧嘴笑了,"我不是那意思,我就是一个小兵,没敢奢想那待遇。听你这么一说,那连长怎么不让兄弟们多猎些这满山的肉,咱不天天吃肉了!"

杏儿又笑他,"瞅你那馋样,要不咋说你学习学傻了。这一来,咱连队是干哈的,这任务压得老高还干不完,哪有那闲人天天整野兽玩,再说,这野兽也不是胡乱整的,老爷子整这些东西都是叨叨咕咕的,他压根就不让乱整,每次整的时候,老爷子还拜山神呢!而且,有些东西,比如狐狸啊,黄鼠狼啥的压根就不让整。"

王志杰用力点点头,开始佩服起杏儿,人不大,懂的可不少,这个师姐可是名副其实,自己心服口服。

"我跟你说啊,"杏儿接着说,"老爷子的绝活多着呢,比如他树放得最好,别的师傅放树你见过吧,一个人用弯把子锯掏树,另一个用支杆支着,生怕大树乱倒。"

"对呀!不都这样放吗?"

"别人这么放,老爷子可不这放,老爷子放树从来就一个人,让树往哪倒,分毫不差,而且他一个放树顶两个,你可别以为老爷子岁数大了就干不动了,他那一身腱子肉可是梆硬梆硬的,我摸过的,嘻嘻,真的好硬!"

王志杰听得入了迷,赞叹道,"老爷子真了不起啊,难怪连长都敬着他,我要是能学到他一半的本事该有多好!"

"就你,嘻嘻——"杏儿白眼仁翻翻他,"你再练个几十年吧。"说着还伸出粉嫩的小舌头扮鬼脸表示不屑。

王志杰就说:"好,我以后多向老爷子学习。"

"现在你明白了吧,整个连队里,干爹唯一特批的小灶就是老爷子,他的碗里必须餐餐有肉,干爹的碗里没肉正常,要是老爷子的碗里没肉,那干爹得骂死我。还有个事儿,你可能觉得纳闷,每次我都给干爹的碗里加肉,那可不是他让加的,都是我厚着脸皮顶着挨骂硬填上去的。干爹受过大伤,伤了元气,不吃点肉咋行?可是,他每次也只吃一点,多数不是倒给我,就是又剩到碗里,其实到最后,肉也都是兄弟们吃了。干爹这个连长当的,一点特权也没有,干爹可是牢牢记着毛主席的话,为人民服务,你觉得是不是?"

"你说得太对了,我这一生最敬佩的人就是毛主席,其次就是连长了,再次就是老爷子。"

"嘻嘻——瞅你那傻样,你这马屁也拍得太夸张了。"

"真的,尤其是听你这么说,我更由衷地钦佩连长了,真想为他吟诗一首!"

杏儿哈哈大笑,捂着笑疼的肚子呲哒王志杰:"酸死了,还吟诗一首,你们这些小知青啊,就是花把式多,没啥真本事!"

王志杰又不好意思地笑,"你说得对,连长和老爷子那样的人,才是有真本事的人!我虽然比不上,可我得努力学习他们!"

王志杰被杏儿的话激励着,他觉着豪情万丈,浑身充满了力量,这力量与革命歌曲《大海航行靠舵手》完美地交织在一起,简直要热血沸腾了。因为受了内伤,王志杰当了半个月的量尺员,熬完了这难熬的十五天,他迫不及待地去找隋友文。他感觉自己的肩越来越厚实,已经有了厚厚的肉垫,掐着一点感觉也没有,他欣喜若狂。这该就是硬肩了吧!他一脸喜

悦地出现在隋友文面前，"组长，我来向您报到。"

"瞎转啥文啊，你不天天在这量尺吗？还报啥到？赶紧量尺去，我这忙着呢，没工夫和你酸！"隋友文没好气地拿眼剜他。

"组长，今天不一样，已经过十五天了。"王志杰还是抑制不住热情，合不拢嘴，好像马上要洞房似的。

隋友文这个来气，把手里记工的本夹子啪地合上，"过了十五天又咋？过了十五天你要成神啊！还是你要当连长了！"

"哈哈哈哈——"

几个没心没肺的兄弟笑成一团，他们还以为隋友文在开王志杰的玩笑。

"不是的组长，我的意思是十五天过去了，我的伤也好了，我得回来抬杠了，所以必须向你重新报到！"

"就这事？"隋友文又拿眼斜他，似乎在饭碗底看见只苍蝇。

"对呀！"王志杰有些糊涂，自己说错话了吗？

"要是就这事，就没啥事了，听我命令，立马归位，量尺杆去！"

豪情万丈的干劲让隋友文的一盆冷水浇了个稀里哗啦，王志杰的嘴渐渐合上了，"为什么？组长，为什么不让我抬杠了？"

"四眼！"隋友文抻着鼓着青筋的脖子叫喊："这儿虽然不是部队，但也差不多算半军事化吧，要不这支队伍咋叫连队，咱们的连长就是军队连长转业！你要做的，是服从上级对你下的命令，不是张个嘴巴在这为啥为啥地一直叫唤！"

"隋组长，你有点过分了！"王志杰的拳头攥得紧紧的，怒火也涌上来，气得鼓鼓的。

"咋的，不服气是不是！你能不能抬杠，那是我说了算，跟几天有啥关系？就你这身板，还是干点轻巧活儿，少挣就少挣点吧，别瞅着啥都眼红，该是你的就是你的，不是你的，你哪样也得不着，知道吗！安分点儿，规矩点儿！"他的话比针扎还戳心。王志杰真想上去抽他两耳光，可是他不能那么做，他觉得动手打架实在是有辱斯文，他努力平复心绪，努力跟眼前这个人讲道理,可是言语间已经带了对着干的锋芒,"组长,你怎么这么说话呢!我能抬杠,为什么不让我抬?谁能一口吃个胖子,我不相信你刚来的时候就是铁肩?"

"王志杰,说谁是铁肩呢?你这是骂人不带脏字,这话,我听得懂!铁肩我可承受不起!"在连队里,说一个人肩软,那是骂人;说一个并不是铁肩的人铁肩,同样也是骂人,是一种羞辱,平常开玩笑可以这么闹着说,可是眼下这么说,实在是骂人的意思。

他俩鼻尖对着鼻尖,眼睛瞪着眼睛,隋友文忽然想到连长对他说过的话,有所冷静,然后喷着唾沫星子说:"我咋被你拐跑偏了,你在这跟我乱扯啥犊子,刚才说哪了,对,这个抬杠组是你说了算还是我说了算!我让你干哈你就得干哈!从今天起,不,从十五天前开始,你就负责量尺打权,以后就干这个,只要你在我手底下一天,你就干这个,听懂了没有!"

"组长,你不能这样,你……你这是打击报复!"

"你说啥,你小子有种,终于说心里话了,和杏儿那丫头嘴里说的如出一辙,给我乱扣帽子!杏儿对我冷鼻子冷脸的,果然是你在背后搞的鬼!"

"我听不懂你在说什么,我只想抬杠!"

隋友文吼起来,"王志杰,连队是你家开的,你想干哈就干哈?你还有没有点组织性,纪律性!你想钱想疯了吧,修枝打权一天也比抬杠少挣不了几毛钱,你这是要钱不要命啊,还是想出风头想疯了?做人得厚道,英雄不是乱逞的!"

王志杰已经是怒火中烧了,他觉得他实在忍不了了,可是他还想再把道理说得明白一点,"隋组长,杏儿对我好,你看着烦,你可以不待见我,可那是私!我现在跟你说的是公,你不能公报私仇,拿工作压人!你说我想多挣那几毛,那你听好了,我就是想多挣那几毛,我有那个能力!怎么,不行吗?"

隋友文扑上来,双手死死揪着他脖领子,王志杰憋得满脸紫红,隋友文大吼:"你小子再跟我说一遍!一句话又给我扣了好几顶帽子,什么见不得杏儿对你好,什么公报私仇,我在这跟你苦口婆心好话说尽,不识好

歹是吧？王志杰，找茬是吧，老子现在就开了你，有多远给老子滚多远！马上滚！"

"不说人话了是吧！我今天就动一回粗！"说话间王志杰哐一拳上去，隋友文措手不及，被打了个人仰马翻，等他爬起来，人全拥上来，拉架、骂架，乱成了一锅粥。其实他俩在争吵的时候，兄弟们一直在劝架拉架，可是这俩人一个比一个犟，没人拦得住，看来这两个人只能用"战争"的方式止战了。

俩人翻滚爬起，挥拳踢腿，打得难解难分，半晌也拉不开，突然不知道谁喊了一声连长来了，这场硝烟大战才作罢，其实连长根本就没有来。隋友文的鼻子不住地冒血，塞了棉球半天才止住血，坐在地上咬牙切齿；王志杰的眼镜被打飞了，万幸镜片破碎了没伤到眼睛，脸上也挂了"彩"，呼哧带喘地闷坐在另一旁。

嘎子对王志杰偷偷说："还傻坐着干哈，等连长来表扬你啊。"王志杰只得默默去量尺杆。王志杰有些后悔，咋动上手了，全连公认的两个文化人竟然打起了架，真是丢死人！他不停地偷瞄隋友文，看他流了不少鼻血，想想那次人家为自己的烂肩上药，心里忽然不是个滋味。他更害怕连长罚他，想都不敢想。怔了一会儿，发现隋友文不见了，心想这小子跑得快呀，准是到连长那"告御状"去了，等着挨收拾吧！可是又过了一会儿，他无意扫到的一幕却很是震惊，隋友文竟然去抬杠了，此刻正步伐稳健地上着大跳。

王志杰脑袋乱得很，捋不出个头绪来。

事后连长问隋友文："鼻子咋弄的？"

"不……不小心碰了一下。"隋友文没敢看连长的脸。

连长沙沙地翻着《毛泽东选集》，时间一秒一秒地过，帐外的王志杰心都快蹦出来了。

"干活儿小心点，也是老手了，咋还没个眼力架！"

"知道了连长。"隋友文嘤嘤地回答。

这下王志杰惊到了，这哥们够仗义啊，他更后悔，跟同志加兄弟伸拳头,算啥英雄?肠子都悔青了,他想他得去道歉,最真诚地道歉。自个眼镜碎了的事就忽略不计了,好在有副备用的,这副金框的眼镜是出门的时候他的妈妈送给他的,他当珍宝一样留着,这回派上了用场。如果没有眼镜,他看谁都是一个轮廓,他觉得他可能会把连长和杏儿弄混了。

还没找到隋友文呢,倒碰到杏儿了,杏儿满脸喜悦,"你俩打架了,嘻嘻——"

王志杰一愣,"你,你怎么知道的?"

"听说你打胜了,嘻嘻,行啊!想不到你瘦了巴叽的还挺爷们!"

王志杰一脸懊悔,"别说了,丢死人了,真是后悔。"

"打都打了,就别装老好人了,嘻嘻——"

王志杰明显有了火药味,怼杏儿:"是打架,又不是得了大红花,你乐个啥啊?"

杏儿似乎没听出余音,还不解风情地说:"我是觉得你文文弱弱的,想不到还这么个性十足。教训一下那小子也是对的,谁让他总是欺负你。"

"杏儿,"他粗着嗓门喊,"虽然……虽然我打了他,可是我后悔得要死,你这么说,我可不爱听!"话落扭头便走。

"咋了,发这么大火干吗?"杏儿跟屁虫一样跟着他,"好了,我不说就是了,瞅你那样,酸脸猴子。"

王志杰停下脚步,长叹一口气,"杏儿,这不是景阳冈,我也不是武松,在这打同志加兄弟,还打的是我的直接领导,我觉得我很混球,心里不是个滋味,我还不知道连长以后知道了真相会怎么处理我呢,唉——"

"呵呵,啥真相啊,我干爹早知道,他不比我信息灵。"

王志杰一惊,"不会吧,隋友文也没告状,连……连长也没训人啊。"

杏儿呵呵一笑,"你太小看我干爹了,连里的事儿,还有瞒得了他的?"

"那……那他怎么没训我?"

"傻孩子,我干爹是当过军队连长的人,啥阵势没见过,你们狗刨似的打了一架就能入他的法眼?你们俩都不说,他才懒得管,你们自己把事儿都解决了,他还操那闲心干哈?"

王志杰很不屑,气得眼镜直往下掉,嗓门提高了两度,"我们解决什么了,武力能解决什么问题?"

"别看你肚子里墨水多,把书都读死了,我听评书都听得比你明白,自古都是这样,文斗不行,就得武力解决,我这么跟你说你也不懂。我问你,今天为啥跟他打架?"

"他不让我抬杠!"

"就为这?"

"是啊!"

"你就那么喜欢抬杠?"杏儿的话音里带着八百个问号。

"是啊,满连队就抬杠挣得最多,还能锤炼自己!"

杏儿嘴里叼个草梗,忍着笑盯着他看,"多挣钱理解,男人得娶妻生子,得养家,锤炼个啥?"

王志杰竟一时语塞,随便说了句"说了你也不懂,锤炼就是锤炼嘛"。

"好好,你们文化人的世界我不懂,但我得提醒你一句,你现在的肩也差不多压出来了,抬大木头行,可是玩命抬可不行,你别忘了你压得吐过血,这是工作,不是上阵杀敌,不能玩命。"

王志杰嘟囔着"知道"。

"你不知道!我觉着你可能努力错了方向,耍笔杆子才是你的强项,出大力,你永远干不出大名堂。"

"杏儿,就让我做我喜欢做的事吧。"

杏儿长出一口气,"那好吧,我不想勉强你,但你得答应我,要爱惜自己,不但要好好地工作,更要好好地活着,你懂吗?好好地活着,就是不能糟践自己。"她用力拉着他的手,然后攥住,脉脉地注视着他。

王志杰点点头,"我答应你,杏儿。"

杏儿说:"你去找隋友文吧,记住了,别的啥也别说,就说你想抬杠。"

"我疯了,我还敢提这茬,我得先跟他道歉,得先让他原谅我。"

杏儿笑笑,"志杰,你就是个不谙世事的孩子,去吧,按我说的做,准成。"

王志杰才不信,他已经做好了被骂得狗血淋头的心理准备,他想好了,不论隋组长咋骂自己,甚至打自己,自己不会还一嘴一手,任其发落,这样才可以显出道歉的诚意和悔过的态度。

连长下山开会去了,这正是向隋组长道歉悔过的绝好时机。王志杰早就瞄好了,此刻隋友文独自在连长的办公帐里闭目养伤,桌子上一壶茶水冒着暖暖的热气。王志杰本来把道歉的话背得天花乱坠滚瓜烂熟,可是一出口,竟按照杏儿教的说上了。结果更让王志杰瞠目结舌,隋友文竟一口就答应了。

刚见王志杰进来,隋友文一骨碌爬起来,手四下去摸东西,摸着一个茶壶盖攥在手里。他得防着这个四眼,这个四眼看着慈眉善目、文文弱弱,动起手来却毫不手软,黑着呢。当得知王志杰是来说抬杠这事的,隋友文将了将凌乱的头发,干咳了两声,攥紧的大拳头才缓缓松开,"你想抬大木头,好好好,今后你就抬,专职抬木头,想不抬都不成!"王志杰兴奋得就要飞起来了,他又想道歉,可是又不知道咋说,大脑一片空白,就手足无措地站在那,一会搓衣角,一会扶眼镜。隋友文头不抬眼不睁地丢了句,"咋地,还不走,等着领奖?"看着隋友文肿胀得老高的鼻子和脸,王志杰心里不是个滋味,掏出一张十元的"大团结"放在桌子上,"组长,对不起了,这点儿钱,买点啥吧!"撂下钱和话,撒腿就跑。

"回来!"

王志杰赶紧转回来,"组长,有,有事?"

"把钱拿回去!"

"组长……我就……就……"

"拿回去!"隋友文抢过话,用硬硬的口吻说,"你打我这一拳,想十块钱就摆平了,你想得美,把钱拿回去,这一拳的事我先攒着,一码归一码!"

王志杰只得收回了钱,满怀歉意地说:"那好吧组长,这一拳你什么时候想还回来,我什么时候接着!你可以连本带利一起还!"

这之后的日子,王志杰如愿地抬上了大木头,让他更想不到的是,还是跟隋友文一副杠。没打架之前,没觉得有啥别扭,打了架,再见到他,就

铁府

总是觉得对不住兄弟,这个滋味太闹心了。

走了几天杠,隋友文在心里暗暗佩服王志杰,也觉着这小子确实磨出来了,是块抬杠的料。现在甭管啥径级的大木头,哈腰就起,走杠稳稳当当,撂杠仍是稳稳当当,决不毛毛躁躁、拖泥带水。这小身板,像阵风似的,是啥支撑着?这力气从哪发出来的?这挺让隋友文纳闷。

隋友文的身子并不比他强多少,也挺能抬,但他觉着自己就是强撑,是咬牙挺!这要是抬一天下来,浑身就一个感觉:散架!再说他也不是总抬大木头,他还兼着秘书这个角呢,他又是组长,杂七杂八的事儿不少,所以抬杠的工作量充其量是其他兄弟的一半,甚至一半都不到。王志杰就不一样,虽然他俩一副杠,可隋友文撂杠去忙别的,王志杰没闲着啊,马上会和别的兄弟搭成另一副杠,所以隋友文对这个"怪人"充满着好奇,也有了些佩服。有一天,他忽然问王志杰:"想不想、敢不敢上大跳?"

王志杰来了几个月了,他的肩算是压出来了,多粗的大木头都能抬,但那只限于归楞走平地,也就是将木头从这头抬到那头的事,大个头的也不用再往楞垛上走,放那就成了,小个头的踩着跳板往楞垛上走走,这也没啥,因为脚底下没有悬空的地儿,谈不上晕高害怕。上大跳就不一样了,是要往汽车上装,所以得上高,得走颤颤巍巍的六〇大跳板(六厘米厚的木板),如果说抬杠用的是纯硬力气,那上大跳用的就是另一股柔中带刚的力道。不会用那股劲,或是恐高的,往高了一走,腿就抖得像筛筛子,你再有力气那也是股子闷牛劲,抡大锤的使不了绣花针。王志杰咋能不想上大跳,做梦都想,连里那些称铁肩的兄弟师傅们上大跳如履平地,哪个铁肩不让人高看一眼。

隋友文也能上大跳,可是,他却并不在铁肩之列,能上大跳和一直上大跳是两个概念,兄弟们的分类非常简单,那就是一直装车上大跳的,就是铁肩,这些人和"冬练三九夏练三伏"的十八棍僧有一比,不论天气,不讲条件,运材车一到,就开工,把车装满了,就是完成任务。

在连里,铁肩的身份处处显得尊贵,就拿上锅里舀菜这件小事说吧,铁肩的兄弟都是排在最先的,没人说过,约定俗成的,是一种自发的尊重,等那十来个人先打完菜,其他的兄弟才打。没有铁肩兄弟们最后这一杠,大木头不会飞下山,更不会飞到祖国四面八方的建设工地!

王志杰早就想上大跳,可平常他是没有机会的,一个连硬肩都不是的新手必须被排斥在外。连长倒是提醒过他,"没事的时候走走空板,使劲颤颤,找找感觉。"所以休息的时候,他总爱上跳板上蹦蹦跳跳,练胆儿找感觉,铁肩兄弟们也被他的执着打动了,教他一些上跳的技巧。隋友文看在眼里,这个事也琢磨了很久,才有了对王志杰想不想、敢不敢上大跳的一问。

王志杰没想到隋友文主动让他试着上大跳,能让他试着上大跳,这就从侧面肯定了他已经是一个硬肩了,他真是感动得不知如何是好,他的脑袋里闪过一句话:不打不相识!

王志杰决心表得挺快,说早就想了。隋友文怔怔地看了他半天,不可名状,看得他有些心慌,隋友文才拍拍他的肩说:"四眼,上大跳是一个人的脑袋和兄弟几个人的脑袋都别在一条裤腰带上,换句话说,如果你滑了杠,那倒霉的不是你自个儿,是咱抬杠的兄弟几个人。"他用深陷的犀利的眼睛盯着王志杰,"你想抬,和能不能抬,那是两回事,你得想明白了,别急着回答我,我不能拿兄弟们的生命开玩笑!"隋友文的话引来兄弟们一致伸大拇指。隋友文接着说:"不知道你听没听说过连长和杏儿亲生父亲的事?"

王志杰一愣,直摇头,没有任何人跟他说过。

隋友文燃了支烟,深裹了几口,将目光射向远方,慢慢地说:"连长和杏儿的父亲都是转业兵,是在一个战壕摸爬滚打的兄弟,转业又分到了一块儿,一个车拉到这荒无人烟的大岭,一起扛过枪,又一起抬大杠,这其实也是人生的一种幸福了!出事的那天,他们六个兄弟一组也是抬大杠上大跳,抬的是一根五米的五〇原木。因为是冬天,大跳滑,抬的又是棵根节加水饱(水饱:水分非常足的树),死沉。连长和一个兄弟是后杠,最前面是杏儿的父亲和一个兄弟,中间还有一杠,眼瞅前杠马上就过大跳了,和杏儿父亲搭杠的那个兄弟滑杠了。其实大跳走到一半的时候,杏儿的

父亲就已经觉察那个兄弟的异样了，那个人的背被压得越来越弯，龇着牙，热汗像蒸笼的蒸气从棉帽子顶窜出来，他只有呼气不见吸气，那真是多抬根草的力量都没有了，要不然咋能一只脚都过了大跳了，大杠还从肩上滑了下去。杏儿的父亲因为早有察觉，所以在这千钧一发之际大喊了一声'滑杠了'，这让后面的四个兄弟有了防范，如果不是这一声，就完了。抬杠上过大跳的兄弟们都懂这个道理吧，大杠带着木头的力量猛地砸下去，别说是人的身板，就是六〇大跳也砸个拦腰折断，那兄弟几个人的命就不好说了，好在有杏儿的父亲这一声提醒……连长的腰伤也是在那次事故中弄的，杏儿的父亲是英雄，他的脑袋里只有一个念头，就是救人！别的兄弟因为有了防范，都没有性命之忧，可他折下大跳，被反坐弹回来的大木头击中，当场就牺牲了！"

说到这，所有的兄弟都沉默了……

林海无声，山河呜咽。

兄弟们自发地低下头，向英雄前辈默哀致敬！

王志杰似有所悟，自那以后，连长便收了杏儿这个失去英雄父亲的孩子做了干女儿，连长担起一个做父亲的职责照顾保护着杏儿，王志杰对杏儿也肃然起敬，原来她是英雄之后。看她天天嘻嘻哈哈一副无所谓的样子，原来内心有着无比的痛苦和超越常人的刚强！

隋友文的这个故事是讲给大家的，更是讲给王志杰的，王志杰懂组长的意思，他是要让自己敬畏抬杠这个神圣职业，更加要敬畏生命！一旦走上这大跳，自己的生命就和别人的生命连在了一起，就要做到凝神聚力，从一而终！

隋友文还告诉王志杰："上大跳还有个不成文的规定，那就是不管哪个人，说今天不想抬了，就可以扔杠走人，绝不能勉强，如果心里有事，注意力不能高度集中，那百分百会出大事。"

隋友文对他也算是苦口婆心了，意在告诫他体力不支时是可以装一下怂的，绝不能和平时抬杠一样，再胡乱逞强！

上大跳就必须喊号子，这是规矩，如果号子跟不上，那是瞎胡闹，没有整齐划一的步伐,没有提神醒脑的精神食粮,那阵脚不大乱才怪。号子的形式是基本固定的,但号子的内容就是兄弟们随意增添的。隋友文说:"为了给兄弟们打气,看着兄弟们胡乱开女人的玩笑,杏儿给咱们的抬杠号子又增添了两句'小媳妇呀——嗨哟——在家等啊——嗨哟——暖被窝哟——嗨哟——'别看就增添了这么两句,但这两句可金贵着呢,一般的时候兄弟们都舍不得用,除非是抬'大五〇'上大跳,除非是最后的几杠。实在累得不行了,兄弟们就抬出这两句法宝口号,那可是屡用屡胜啊!兄弟们说是不是啊!"

"是!"兄弟们的回答声排山倒海,一个个笑逐颜开。

隋友文说到杏儿的时候,眼睛里都会闪着光,看得出,他的心里有杏儿。王志杰笑不出来,有种莫名的惆怅。

铁肩

八

这天下了一场很大的秋雨，早早收工，王志杰最后一个一头雨水地跑进帐篷，原来他抓住了一只被套子套住的小兔子，满脸紧张。兄弟们一瞅都伸出大拇指。有人说："行啊四眼，会遛套了，来连队没几个月样样都精了，还把老爷子的手艺学会了，行了，今天下雨没事儿，我帮杏儿做饭，你把兔子放那，待会我收拾。"

王志杰用袖子抹了把脸上的雨水，也顾不上听别人说啥，就忙活着给小兔子包扎。小兔子被钢套子勒得撕开了皮肉，王志杰便找来针线，很专业地一针一针地把伤口缝好了，还给伤口处上了云南白药。

兄弟们哈哈笑他，有人说："咋地，先养肥了再吃啊。"

忙活完了，王志杰才舒展了眉头，笑笑说："你们看，小兔子多可爱。"

小广安拍着干瘪瘪的肚子笑说："是黑（很）可爱，到了肚皮头更可爱。"一句话引来无数大笑。

小兔子还挺通人性，伤好了以后竟然也不跑了，把帐篷当成了自己的家。上山的时候，王志杰就把小兔子放笼子里，回来就把它放开，小兔子满帐篷跑，活蹦乱跳，神出鬼没，也跑不丢。王志杰还给小兔子起了个名——小可怜。晚上睡觉的时候，小可怜就和王志杰"共枕同眠"，王志杰有不能对人言的心里话，就悄悄说给小可怜听，它似乎听得懂，聚精会神地听,还眨巴眨巴大眼睛,王志杰这个美。常常是说着说着就睡着了,搂着小可怜睡得那个香。

老爷子受连长的令,为了改善兄弟们的伙食下套子整野味,王志杰却爱心泛滥套下救兔,让人不免哭笑不得。

这天收了工,实在太饿了,王志杰就和兄弟们先吃饭,远远地还未到帐篷就闻到了四溢的肉香。晚饭每个兄弟的碗里多了一勺红烧肉,吃得那个香。钱麻子就问了句:"啥肉啊,咋这香?好吃死了。"吴东起回了句:"俺看你小子是累傻了,红烧兔肉都吃不出来,棒槌,呵呵。"

大伙啧啧称赞杏儿的手艺。

忽然,王志杰的筷子在空中停止了,他下意识去看他的兔笼,空空的,他猛地放下碗筷,去看兔笼,笼门被人打开了,如果不是人为打开,兔子绝对跑不出来。他开始抓心挠肝地铺上铺下找兔子,可是连个影也没有。

"你们看见我的小可怜吗!啊,看见了吗?说话啊!"王志杰的眼丝发红,看着兄弟们。帐篷里的空气瞬时凝固,兄弟们又下意识地看看碗里的兔肉,一下沉寂了,都默不作声地往嘴里扒饭。王志杰急了,几步跑到后厨,凶巴巴地盯着杏儿,杏儿蒙了,"咋了,饭不够了,还是肉不够了?给——"杏儿还带着笑意,不明就里地说,"我给老爷子留得多,再给你夹两块吧。"王志杰的胸口剧烈起伏,他强忍怒火,磕巴起来,"李山杏,我的小可怜那么可——可——怜,它九——九——死一生——我费多大力气——才救活啊——你——你——咋那么狠毒——我——真是看——看错——你了!"

"王志杰,你——你啥意思啊?哪根筋搭错了吧,我咋了我!是不是肉吃多了,吃撑着了?"杏儿可是一脸无辜加委屈。

"咋跟杏儿说话呢!"隋友文出现在他们面前,指着王志杰,"杏儿对你那么好,你可真是狗咬吕洞宾啊,你长本事了,还会在杏儿面前撒野耍横了,你真行啊四眼!"

王志杰谁也不理,摔门跑回大帐,又扯开门跑回来,谁也不知道他想干啥。他的手里捧着一堆糖啊果啊,都是好吃的,沉沉的一塑料袋,一把

丢在杏儿的怀里,"李山杏,你的东西你拿回去,我没胃口!"没等杏儿急呢,隋友文可真急了,他哪里会不认得,这些花花绿绿的好吃的,都是他托人弄景地从山下弄上来的,都是给杏儿的。隋友文快气疯了,自己一口不舍得吃的东西竟然被杏儿全给了另外一个男人。隋友文真想上去擂王志杰一拳,可转念他就想开了,眼下这俩人不是撕破了脸吗?他揪着王志杰的脖领子教训道:"四眼,你也忒不是东西了!杏儿把好东西都给你吃,你还这样伤她的心,你还是人吗!"王志杰毫无还手的意思,他沉沉地说:"组长,我欠你一拳,就是欠你一个人情,我没忘,今天不论你怎么对我,我二话没有,可是今天的事,跟你没什么关系。"再看杏儿,已经是泪流满面了,她那样盯着王志杰看。杏儿委屈啊,委屈得要死。杏儿梨花带雨一点儿也没有打动王志杰,他不想看她,他恨死她了,她的泪已经引不起他的怜爱,她的泪更像是蛇牙里喷射出的毒汁!他转身冲出帐篷,与张大嫂撞了个满怀,张大嫂一个趔趄险些倒了,怀里的东西嗖地跑了,定睛一看,从张大嫂怀里逃脱的正是小可怜。

王志杰这才如梦初醒,原来一切都是一场误会,晚上吃的是兔肉不假,但并不是小可怜。老爷子一下套住了五只兔子,不然也不够大帐百十号人吃一顿的。王志杰这个悔啊,骂自己蠢,自己上山干活儿都是杏儿帮着打理喂养小可怜的,她照顾得那么细致入微,咋会红烧了小可怜。事后王志杰说尽了好话赔不是,杏儿似乎铁了心思不理他,王志杰磨人的功夫也是了得,任你再咋不理,就是一个劲地赔笑脸说好话,王志杰觉着,这一辈子的好话在那几天都说完了。杏儿也并非真的就不原谅他的冒失,相反,在心里更深爱了一层,一个有血性又有爱心的男人才是女人心中的王子。她是故意不理他。

杏儿故意不理王志杰,其实她心里还担心另一个事。原先王志杰并不知道那些好吃的都是来自隋友文,隋友文三天两头地偷偷给杏儿送好吃,杏儿是不收的,但是隋友文很聪明,他打着给连长的旗号,说直接送给连长怕连长不收,让杏儿想法儿转交。隋友文是连长的爱徒,徒弟给师傅送点好吃的没啥可说的。隋友文总是送,杏儿是盛情难却,推都推不开,索性就随他吧。这些好吃的,杏儿只给了连长一小部分,多数都送给了王志杰。杏儿在心里认为这是他隋友文欠王志杰的,谁让他老"欺负"王志杰了,当是一点补偿了。可是这话杏儿没法跟王志杰解释,如今又出了这么一档子事,杏儿开始提心吊胆,暗暗决定再不收隋友文半点东西。

杏儿和王志杰的一举一动都像根刺扎在隋友文的眼里,有时候他也会自斟自饮半斤地瓜懵(地瓜酿的酒),酒入愁肠愁更愁啊,在心里骂自己真是失败啊,自己的一片苦心付之东流。他就是闹不明白,那个四眼哪比自己强,杏儿咋就瞅他那么顺眼?自己是要长相有长相,要文化有文化,要事业有事业啊,至少哪一方面也不比王志杰差啊!咋就比不过那个酒瓶底(隋友文给王志杰起的另一个外号)呢?可能是世间的情字就是那么难以说清,难以琢磨吧,也可能人家确有过人之处,只不过这个过人之处被自己无限缩小,却被喜欢的人无限放大吧!在没人的地方他也偷偷抹上两把泪,可是,他不会让任何人看见,在外人的眼里,他隋友文永远是一支笔,永远是文武双全的连队骨干!

有一天,杏儿把自己和王志杰的关系推向了一个新高度。

他们收工回来的时候,杏儿站在一个半截大木桩子上,高高的,挺吓人,对着王志杰,也对着所有兄弟们喊:"王志杰,你不许骗我!"

她站得那么老高,就已经把王志杰吓到了,又加上这一声,差点把王志杰吓尿了,所有人的眼睛都齐刷刷刷向他,意思你咋骗那么可爱善良的杏儿呢!你活腻了!

王志杰是百口莫辩啊,磕巴了半天,推推下滑的眼镜,张了几下嘴才说出话来,"杏儿,你——你下来——你把话说——说清楚——我啥时候骗过你了!"

杏儿绷紧的脸突然绽放出花朵一样的笑,"那你说,你爱我!大声地告诉我!"

王志杰真想不到杏儿这丫头能弄出这么一出,百十双眼睛盯着自己呢,他真想找个地缝钻进去,他都想给杏儿跪下了,明显带着哀求,"杏儿——你——你先下来——下来!"

"说你爱我!"

"你先下来,杏儿!"

"哈哈哈哈——"

大家恍然大悟,原来杏儿藏着猫腻,在这摆了王志杰一道。

王志杰涨红着脸,守着一百多双眼睛也张不开嘴啊,两边就这么僵持着。连长看到了,心道杏儿今儿唱的是哪出啊?连长也懵。隋友文却一点也不懵,胸口剧烈起伏,像个要被气爆的青蛙。只有他心里明白,杏儿唱的这出大戏是给他看的。

昨天夜里,他喝醉了,他借着酒劲找到杏儿,把心里想说的话全说给杏儿,他紧紧攥着杏儿的手,吓得杏儿差点喊出来,他说他就要提干了,他的前程、他们的前程一片光明,他还说爱她,爱得死去活来,他声泪俱下地说可以为杏儿去死,没有杏儿他活不了。杏儿用力挣脱他,大声地说:"你提干,我和大伙都替你高兴,我一直都拿你当哥哥一样,从没有想过别的。"

哥哥?这个词把隋友文激怒了,他泪眼滂沱地咆哮:"杏儿,你要说不喜欢我就说不喜欢,你要说王志杰比我更优秀你就直说,整个哥哥糊弄鬼呢!我并不是拿提干向你显摆,我只是想让你跟我一起分享开心快乐,可是,我错了,我全错了!可是,杏儿,你告诉我,我错在哪,告诉我!"他摇着杏儿,面目变得狰狞。杏儿害怕他,想挣脱他,她壮着胆子警告隋友文,"不许再乱来,再乱来就把事情告诉干爹。"这会儿她真恨自己这么轻易地就被隋友文的小把戏骗离了帐篷,她根本没有想过他会这么胆大包天。这里是"爬山虎"的机库,夏天的时候就成了连里的库房,一般是没有人来的,可能喊破了喉咙也不会有人听见。

"告吧!"隋友文声嘶力竭,"你是连长的干女儿,我是连长的爱徒,他不能把我怎样,咱们好事成了,他正好成全咱俩!"他把她压在身下,死死的。

杏儿挣扎着,拼命地挣扎,带着哭腔说:"隋友文你喝多了,你别在这耍酒疯了,赶紧起来,你再这样我不会原谅你!"

"我不管,我就是疯了,我爱你,我喜欢你,这有错吗?啊?我就是希望你爱上我,也像我爱你一样。我已经尽力了,可是,你告诉我,要怎样才能得到你的心!啊?呜呜——"隋友文哭得撕心裂肺。

"友文,爱是勉强不来的,呜呜——他可以一辈子抬大木头,一辈子没出息,可是,我就是爱他,你懂吗——呜呜——"杏儿也哭了,号啕大哭。

隋友文忽然松开杏儿,似乎也清醒了,将十指插进头发里,狠狠地揪着,狠狠地摇头……

"今晚的事,我不会对任何人说,友文,放手吧!"杏儿将好散乱的头发,手把着门,抽噎着说了句话,跑掉。

"放手吧——放手吧——"隋友文一遍遍重复着,心越来越痛,痛得不能呼吸。

"噢——噢——噢——"起哄的越来越多,隋友文回到现实。王志杰还在忐忑之中,走也不是,不走也不是。隋友文在心里早骂他了,"你个孬种,要是我,早把杏儿抱起来了!"杏儿却趾高气扬像个将军,她想要的就是这个结果,她想要全连的人为她的爱作个见证!可王志杰被杏儿的大胆惊到了,呆若木鸡。

见王志杰左右不吱声,有人着急了,"四眼,你个完犊子玩意,快说呀,人家小姑娘都比你强一百倍,你要是不说,可有的是人想说,咱连的小伙子又不是你自己!"

"噢——噢——噢——"起哄愈演愈烈,有人甚至跃跃欲试。

"杏儿,"王志杰努着嘴,终于说话了,"我爱你。"

"你说啥,我没听见!"杏儿不依不饶。

王志杰觉得不能再犹豫了,得像个爷们儿一样站出来,他扯开了嗓门嚎,虽然有些磕巴,"杏儿,我——我——我爱你!"这一声挟雷裹电,震撼林海,震飞了群鸟。

这一声,也把兄弟们给镇住了,不得不让人怀疑这么声如洪钟的一声是从那么瘦弱的胸膛里吼出来的?

那一刻,杏儿捂住了脸颊,热泪从指缝间淌出来。杏儿张开双臂,像

119

鸟儿一样飞翔。王志杰向前冲去,他要接住杏儿,他要接住这一辈子的幸福。可是,他还是晚了一步,有一个男人将杏儿接住,紧紧地抱在怀里,杏儿咯咯地笑看王志杰。王志杰怔了一下,怒气还未攻心时,看清是连长,挠着脑袋进退不是。周山说:"傻小子,你傻人有傻福,咱丫头看上了你,那是你八辈子修来的,可是,咱现在还不能把丫头交给你,好好干,干出个名堂来,咱再唠这事。"

王志杰用力点头,很傻地回了一句:"连长,请您考验我。"

累点,苦点,他都不怕,有了杏儿的爱恋,他尝到了苦中有甜的滋味,这就是幸福的滋味,但是,他怕夜,怕这漫漫长夜。一直,他常常被一个同样的噩梦惊醒,以至于帐篷里的兄弟们都见怪不怪了。他常常是满头汗水地大喊大叫着惊醒,静坐,一声不语。

他在心里无数遍地自责,泪水顺着指缝溢出,在心里骂自己:"王志杰呀王志杰,你怎么不晕血了,你的肩压烂了,流得满身是血,你压得从胃里吐出血来,你不晕血了,关键的时候为什么晕血呀……首长,我错了,对不起,对不起!"他号叫着,一头汗水坐起来,又是噩梦一场。

杏儿疼他,爱他,更想懂他,帮助他。她早听说过王志杰总做噩梦的事。就是王志杰不说,她也早隐约感觉,他是一个有着深深心事、重重故事的人。有一天,她问了他。他也觉得不应该再瞒杏儿了,他们一起背靠着背看星星,他把心底里的秘密说给她听。

原来王志杰是个支边援疆的大学生医生,虽然是个大学生医生,但其实他有一个当医生的致命弱点,那就是晕血。其实晕血的医生很多,并不止他一个,只要经过磨炼,慢慢也就适应了。他也觉得几年的学校生涯已经适应了,可千不该万不该,在一次抢救一位首长的手术中,他晕血的老毛病又犯了……导致医疗事故,因此被停职待岗。羞愧难当的他离开医院,主动申请来连队当了工人。

杏儿还是被他的故事震惊了,半晌无语。杏儿问他老首长后来咋样了,王志杰也答不上来。他真的不知道,他怀着愧疚万分的心卷上行李一头扎进了大山,对大山外面的世界便一无所知了,他既想知道首长的消息,也怕知道,他想的只有逃避和遗忘。把心里的苦说给人听,是件释怀的事,说完了,他呜呜哭了一场,心里好受多了。杏儿安慰他,将他的头抱在怀里,像对孩子一样抚着他的头发。她轻轻地说:"志杰,还记得第一次你负伤,我给你上药的事吧。"

"当然,我一辈子也忘不了,杏儿,你对我真好,我真的不知道该怎么报答你。"

杏儿说:"其实,那天给你上药并不是我的本意,我也不是被你的样貌给吸引了。"他很震惊。杏儿接着说:"是干爹让我帮你,他一眼就看出你不是出力的出身,你折磨自己,一定有你的难言之隐,干爹让我帮你,干爹还叫我不要多嘴。"

王志杰如梦方醒,长长地喘了一口气,将目光投向无尽的星空……

在连里,王志杰还佩服另一个人,那就是老爷子,有事没事和老爷子套近乎,他们也就成了忘年交。老爷子很内敛,平时并不善言辞,甚至在大帐里听不见老爷子的声音。他的铺在大帐的最深处,他的铺和大铺中间有条过人的小道,将大铺断开,形成了独立的铺。兄弟们再咋闹腾,都会远离老爷子的小铺,没人敢打扰老爷子的清静。老爷子也觉得王志杰和别的兄弟不太一样,谈吐有度,所以,能和他说上些话。有一次王志杰和老爷子闲聊,"老爷子,在这山里,最厉害最牛的抬杠人,称为铁肩,我想听您说说,到底什么样的人才叫铁肩?"

老爷子拍了拍他的肩,啯了一口地瓜懵。老爷子爱喝点酒,酒是他一辈子最忠实的朋友,无酒不欢,全连唯一一个连早餐都必须有酒的人就是老爷子。这口酒支撑着老爷子无所不能,老爷子自个也说:"如果没这口酒,就像一个朝代断了龙脉,那就完了。"老爷子这是开玩笑的话,不过,他爱酒如命却是不假。给老爷子倒酒,如果酒在桌子上一点,老爷子会用嘴把桌子上的酒吸溜吸溜弄进肚,浪费酒可不行,这也是老爷子的一条铁规!虽然爱酒,但老爷子并不酗酒,喝到恰到好处,喝到精神抖擞。

酒入胃肠,老爷子才打开话匣子,"孩子,原来也有人问过我这个问题,那个时候,说实在的,我还没想好,不知道咋跟人说,现在我想明白了,

铁肩

我跟你叨咕一下。道家讲,道生一,一生二,二生三,三生万物,这个没错吧,你应该比我老头子懂。道家厉害呀,这纷杂的世界,人家几个字就说透了,大道至简就是这么个理!这个铁肩其实应该有两层意思,从字面上理解,所谓铁肩,必须能抬大径级的木头上大跳,上了大跳能肩不抖、腿不颤、胯不扭、大气不喘、干净利落地走完一杠,还能如此反复,才可以称得上铁肩!能做到这一点的人有,但并不多,现在抬杠组里也就那么十多个人。铁肩的另一层意思就不完全是在力气上了,主要指的是人心。孩子你想,抬杠,看着似乎是个力气活儿,其实是需要内力与外力完美结合的细致活儿。说到这,还得借道家一句话,说的是万物负阴而抱阳,冲气以为和。要想抬好杠,必须心静如水,必须心无邪念,扛鼎的是一股正气如虹!每一步都得走得沉着冷静,不急不躁,肩负的是国家建设担当,所以扛鼎的是泰山之责!有这种思想的人,才能称得上真正意义上的铁肩!"

王志杰用力点头,"老爷子,您说得太好了。老爷子,那您说说,连长可不可以称之为铁肩呢?"

老爷子眼睛一亮,喝了一大口酒,声音高了起来,"连长是最标准的铁肩,两层含义全具备的人,无可挑剔,无人不服!"

"老爷子,我也要向连长学习,做一个真正的铁肩!"

老爷子很欣慰,眼睛一亮,目光炯炯地看着他说:"孩子,其实这满山之中,包括你,都是我说的深层次上的铁肩!"

王志杰瞪大眼睛,心跳加速,"您说啥?老爷子您不是在拿我开涮吧?"

"哈哈,我一把年纪,可不会开这样的玩笑。当一个人心怀家国的时候,不论能力大小,不论是抬杠还是做其他任何行业,只要心中有一份沉甸甸的职责担当,就已经是真正意义上的铁肩了!"

王志杰半晌无语,老爷子的话如醍醐灌顶,一语之间,让他明白了人世间的很多事理。由此,他联想到兄弟这个词,在连队里,不论岁数大小,互相都可以称兄弟,这句兄弟可不简单,既是对革命同志的称谓,又是大伙亲如一家的昵称。有了兄弟,山场便不再冷清!有了兄弟,山场便是家！有了兄弟，心中便不再寒冷，那一团炙热的火将心烤得温暖如春！

王志杰打心眼里觉得对不住隋友文，他打过隋友文，隋友文并没有告他的刁状，还让他锻炼成了能上大跳的硬肩，不，按老爷子的说法，已经把他锻炼成了铁肩。

他知道隋友文喜欢杏儿，可是杏儿一门心思地爱着自己，所以，王志杰的内心是沉重的，以至于再见到隋友文时，不敢与他直视，心里发虚，像是抢了人家的东西不还一样。在楞场干活的时候，隋友文和王志杰的对话也是越来越少，能用眼神示意一下的，绝不多说一句。

这天正干活呢，忽然有人说："组长，听说你要提干了，用不了多久就进林场当干部去了，真的假的？"隋友文手持着抬杠，没有言语。他还在想着和连长的对话。周山说："友文啊，你是个人才，窝在咱手底下那是屈才了，咱说过，人才就好比裤兜里装的钉子，那钉子总有冒头的一天。恭喜你啊，组织上很快就要来考察你了，你准备一下，这几天就不用抬大木头了。"

隋友文的心里盼星星盼月亮地等着这一天，可是这一天真的要到了，他却并不开心，相反，倒很难受，他说："连长，我真是舍不得您，舍不得兄弟们！"

"嗨，你个浑小子，你以为你去了机关就当官享福去了，那你可就错了，咱放你走，是让你到更适合的岗位工作，发挥更大的作用，是为了能让你更好地为人民服务！"

"是连长，我记下了！连长，我是从红旗连出去的，红旗连永远是我的根，我也永远是红旗连的兵，这几天我不但得去抬大木头，还得多抬！"

周山捶他一拳，半晌才说话，声音很小很细，"好小子，咱没有看错人，咱把一句话说前面，你小子的前途不可限量，到了新岗位好好干吧！"

周山打心眼里开心啊，碰到了杏儿也说："丫头，干爹跟你说个好事。"

杏儿好久没看到连长这么开心了，生产任务像大山一样压得这个硬汉在短短的日子里又增了半鬓白发，所以连长开心，杏儿自然跟着开心，她咯咯一笑，"咱爷俩啥情况啊，丫头也想跟干爹说个好事呢，真是爷俩一

条心啊。"

"有这事,哈哈哈哈——"连长仰头大笑,"那干爹先说,看看,咱爷俩说的是不是一个好事。"

杏儿眨巴眨巴大眼睛,洗耳恭听。

"杏儿,隋友文马上要提干了,这个好事,你知道不?千真万确的事!"

杏儿的脸一下子很难受的样子,"干爹,您说的好事就是这事?"

"是啊,这事还不是好事?"连长也挺惊讶。

杏儿一脸没意思的表情,"干爹,您不提这茬我倒忘了,我真是越来越瞧不起隋友文了,不就提个干吗,牛啥啊!"

"这孩子,咋说话呢?友文也算是干爹一手培养起来的知根知底的人才,他出息了,干爹乐死了,你咋这个态度,真是让干爹失望。"周山泄了气的皮球一样,皱了眉头。

"是,我没说不是好事,人家有才,远走高飞那是大好事,但至少得表现得依依不舍点吧,就是装也得装一下吧,他倒好,像脱离苦海一样,让人受不了!还拿提干当资本在我面前显摆,点名让我嫁给他,好像我高攀他了,真不知道他的脑袋瓜子想啥呢!"

"丫头,友文这孩子干爹最了解,他跟了咱这么多年,你说别人高升了得意忘形,摇头摆尾的,这干爹信,友文绝对不能!"

"干爹,那您的意思丫头在撒谎了!"杏儿这话说出口就觉得语气有些重了,这么多年,她还没有因为一件事跟干爹用这么硬的口气说过话呢。

周山倒没有在意,仍是语重心长,"丫头,干爹倒觉得友文向你表白做得没啥错,人家是高升了,可是人家也没有忘记你,主动向你献殷勤,他这也算是最后一搏了,他是喜欢你的,这点你不是不知道。丫头,干爹今天多说两句,你别见怪。你父亲走得早,你的婚姻大事也就是干爹心中最大的事了,你今后过得幸福,我也就对你九泉之下的父亲有所交代了。干爹一手栽培了友文这孩子,这孩子是重情重义的人,人家对你也是真情实意,他就要离开连队了,他把心里话掏给你,希望你好好想想,干爹和他一个意思,也希望你慎重考虑一下,毕竟婚姻大事是一辈子的事。干爹知道你喜欢王志杰,那个孩子也不错,是挺难抉择的。"

"干爹,丫头的心思那天你也看到了,丫头的心早就在王志杰身上了,丫头对志杰的爱没有抉择,只有唯一,此生也不会变!"

周山认真看了看杏儿,好像要说的话很多,可是说出来又好像都不对,杏儿扑在他的怀里,周山爱抚着她,"丫头,不管你做啥决定,只要是你认准的,干爹都支持你。"

杏儿紧紧拥抱着这个双鬓已经霜白的老人,闭上眼睛,一行热泪淌下。

秋风瑟瑟,草木凋零。秋风中闪过一丝寒意,周山轻轻捋了捋杏儿的秀发"丫头啊,脚下的路,干爹可以指给你,但得你自己走。干爹多想多陪丫头一程,可是,干爹会老的。"

"干爹,您多硬实啊,我不许您说自己老!"杏儿哽咽着。

"好好,干爹不说。"

还有个事让杏儿没有想到,那就是连长要提拔王志杰接任隋友文的组长一职。杏儿激动地说谢谢干爹。周山却说:"不用谢干爹,干爹绝不假公济私,让他当这个组长是因为他能抬大木头也能耍笔杆子,咱让他写过几回材料,字写得好,材料也一点就通,干爹也看好这小子。"杏儿又笑逐颜开了,蹦跳着要走,周山叫住她,"这丫头,咋忘性这么大,刚刚说要告诉我一个好消息,咋没说就要走。"杏儿刚才是满心要说的,可是一听连长有意重用王志杰,又改变了想法,不想说事了。连长追着这个话题不放,杏儿也觉得纸包不住火,早晚得说,就问:"干爹,他是大夫你知道吗?"

"你这孩子净说没头没尾的话,谁是大夫?"

"干爹,王志杰是援疆的大夫,他是分到咱林业医院的大夫。"

"你是说,一个大夫跑到咱山场来抬大木头来了?"

"没错,"杏儿用力点头,"干爹,你知道王志杰的文化有多高吗?他是北京医学院毕业的高才生。"

"你说的当真?"周山倒吸了口凉气。"干爹,我有八个胆儿还敢骗您啊。"杏儿就把王志杰的来龙去脉和盘托出,听得周山是半晌无语,良久才

125

说:"杏儿,干爹这辈子也算是识人无数,自志杰来咱们连队,咱就感觉他和别人不一样,身上就有那么一股子清秀,一股子才气。杏儿,这样的人,咱最终还是留不住的……"

"干爹,不会的,他跟我说过,他再也不回去当啥医生了,他只想跟着干爹干。"

"傻孩子,有些事,不是谁咋想就能咋样的。干爹听明白了,他虽然有错,但错并不全在他,这样的高级人才如果窝在山里一辈子,那对国家是很大的损失,现在咱们国家很缺医疗人才,他会重返岗位的。丫头,咱不贬低自己,咱放大木头同样是为国家建设,这非常光荣,但你想想,就好比现在你让干爹去当医生,你说可笑不可笑,那干爹的本事能释放出来吗?反过来,你让一个学医的高才生不去救死扶伤,让人家抬大木头,那人家的本事能释放出来吗,同样很可笑。"

杏儿无语,被周山的话说得揪心了。

"丫头,退一步讲,他就是当回了医生可还在咱林业医院,这其实没啥。可你别忘了,人家是北京人,有一天返回北京,这是很有可能的,人家是援疆来的!"

杏儿将嘴唇咬得没了血色,声音越来越颤,"谁说援疆就不能扎根边疆了,王志杰说了,此生不悔入兴安,来生还做兴安人,我信他,干爹,我请你也信他。"

周山笑笑,很无奈地笑,没辙地摇摇头,说了句这孩子,就再也没说啥,可他的心里早已巨浪滔天,这个事实让他做梦也没有想到过。

隋友文被提干的步伐比想象得还要快,也就两天的工夫,组织上就来人了,从吉普车上下来好几个穿中山装、上衣口袋里插着钢笔的干部。他们到帐篷点的时候是中午了,只有张大嫂一个人在烙玉米面大饼。"看来兄弟们中午是不回帐篷吃饭啊!你们连长呢?麻烦您跑一趟,把你们连长和隋友文、王志杰叫到这来,就说组织上找他们谈话。"张大嫂也早有耳闻了,一听就知道是隋友文的好事到了,可张大嫂不明白为啥叫王志杰,就随口问了句:"领导同志,王志杰也提干了?"来人就呵呵地笑,顺口说一句:"他不用提,快去叫人吧。"张大嫂成了丈二的和尚,没再多问,火急火燎地去作业点找人去了。周山一听,这个乐,把隋友文叫着,又叫上王志杰一道往帐篷点走,边走边苦口婆心地教隋友文跟组织上的人说话该如何如何谦虚,去林场机关应该如何如何去做。组织上的人周山都认识,紧紧握了握手又寒暄两句。隋友文一直心神不定地四下张望,忽然冒了句"杏儿呢?"

"杏儿还没回来吗?"张大嫂竟反问了句。

"啥情况?"周山眉毛立了起来,手抖得晃洒了茶缸中的水。

张大嫂额头上的汗顿时下来了,急着回话:"杏儿说现在蘑菇多,想给大伙加个菜,让我自个在帐篷烙饼,她就背个大竹筐进山采蘑菇去了。按理,这个时候早该回来了,我还以为咱们回来,杏儿早就到帐篷了,哪承想,她还没回来。"

"胡闹!张大嫂,你在连队干了多年,这林子里野兽横行你又不是不知道,你咋能让杏儿一个人跑林子里去!"

"连长,我也是这么跟杏儿说的……连长,千错万错都是我不好,赶紧想想办法吧。"张大嫂的嘴和腿都哆嗦上了。

"还想个啥!友文、志杰,咱们分头去找,还有胡主任、任干事、司机赵师傅,你们也帮忙找人吧,现在返回山里叫兄弟们已经来不及了。除了张大嫂,现在咱们都分散开进林子找人,一刻也不能耽搁了!"周山急了,满头的汗珠雨灌一样,根本顾不上组织上的人面面相觑,他就怒瞪着豹眼发号施令。隋友文、王志杰没等连长的令下完就已经跑得没影了,放开喉咙呼叫,"杏儿——杏儿——"

也不知跑了多久,王志杰发现了散落在地上的蘑菇,再往前一走,看到了还有半筐蘑菇的大竹筐,他扯开嗓门,像那天对杏儿表白一样,发出了震天吼叫,"杏儿——杏儿——你在哪里——"嗓子都喊破了。

突然,他停下脚步。

"快跑!"

虚弱到极致的一个细小声音传来,但是王志杰对这个声音太过熟悉了,是杏儿的,王志杰激动得泪水一下子涌出来。顺着声音寻去,又听见

127

"嗷嗬——"一声恐怖阴森的兽叫,让人心惊。放眼望去,登时傻了一般。杏儿的身体悬在一棵大树的枝杈上,树的底下是一头硕大的黑熊,站立着不停地用巨掌够着杏儿。杏儿用双手攀着树杈,又将两腿紧勾着大树杈,摇摇欲坠,命悬一线。

王志杰真是惊傻了,如果此时手里有杆枪,不,哪怕有一把长刀也好应对些!可是啥都没有,他赤手空拳,他的对面是面目狰狞小山一样的巨熊。他的大脑瞬时一片空白。杏儿一声声嘶叫"快跑!快跑!"巨熊发现了王志杰,对越来越近的王志杰呲起森白的猎刀似的獠牙。

"来人啊——"半晌,王志杰才缓过神来求救,可是,那声音却像蚊子一样嘤嘤。巨熊被这个不速之客激怒了,向他的方向又发出震天的吼叫。

"快跑,你这个傻子!快跑!"杏儿发出绝命的嚎叫。王志杰撒腿开跑,边跑边扯破喉咙喊,"来人啊——救命啊——来人啊——救命啊——"他根本不知道后面有没有巨熊追来,他只是玩命地嚎叫,紧接着一个趔趄,一头抢在了草窠里,大脑瞬间空白……有人将他拽起来一迭声地问:"快说,咋了!杏儿呢?杏儿呢!"

王志杰只觉眼前有人影晃动,却看不真切。"杏儿……杏儿……在前面……有黑瞎子……"话落王志杰眼前一黑,就啥也不知道了。隋友文揪起他的衣领,拼命晃醒他,暴吼:"你快喊连长他们过来!快去!"说着话,人已经冲出老远,边跑边嘶叫:"杏儿,你在哪?杏儿——杏儿——"

他看见了悬挂在树上的杏儿,那头巨熊已经扯到了杏儿垂下来的衣服。

杏儿摇摇欲坠,她已无力支撑,带着泣声拼命嘶叫:"别过来!快跑,快跑!"与此同时,整个人就从树杈上掉了下来。

"杏儿!放开杏儿!"隋友文狂吼,他疯了一样,几步飞蹿到巨熊的面前,没等巨熊对杏儿下口,他整个人就扑了上去,死死扑住巨熊的脑袋,堵住巨熊的血盆大口。

"快跑杏儿!"这嘶声力竭的凄厉叫喊声震颤了山谷,这一声似乎是用尽一生的力量喊出来的。

杏儿听得真真的,但她没有跑,杏儿从树上掉下来摔得不轻,眼冒金星,等瞬间明白过来,跟跄着也向巨熊扑去。这个时候,王志杰和连长几个人跑得上气不接下气也冲了过来。众人的乱叫和手里的棍棒吓坏了巨熊。巨熊怯了,树墩大的脑袋用力一甩,将隋友文扔出好远,巨熊也转身向着密林深处逃去。众人冲到隋友文的面前才发现,他的脸上、脖子上、嘴里全是血,最致命的伤口在喉管,喉管已被巨齿咬穿,血浆不住地向外涌,所有人都吓傻了。

"友文!友文!"这一声声呼唤撕心裂肺。

隋友文的意识渐渐模糊,他还在努力翕动着嘴巴,"杏儿……杏儿……"

"友文,我在啊,我在啊!"杏儿趴在他的胸口,一声声回应着他,泪水滂沱。

"杏儿……杏儿……我不行了……"他的声音越来越微弱,他满是鲜血的右手紧紧抓住了杏儿的一只手。

"不要这么说——友文——你不能死——你不能死——"她号啕,疯了一样。

乌压压的黑云盖住了林子。

周山跪扑到隋友文的面前,用手紧紧捂着他的喉管,血浆从指缝间喷涌着,周山哭叫着"兄弟——咱的好兄弟,给咱挺住!咱命令你,不许死!听到了吗!这是命令!"

"连长……杏儿……我还想……听一遍……杏儿——编的那句抬杠……号子……小媳……妇呀……嗨哟……在家等啊……嗨哟……暖……被……"他忽然笑了,眼眸充满了星星般的光亮,笑着松开了杏儿的手。

"友文,我不要你死。你唱啊,你接着唱啊!啊啊——"杏儿肝肠寸断,哭死过去。

"啊——啊——咱的好兄弟,你不能死!咱命令你!啊啊——呜呜——"大岭之上,传出周山狼一样的嗥叫,彻夜不停。

九

这年的冬天,大雪下得特别猛,刮着白毛风。大雪下了一夜又一夜,已经没了膝盖,阴坡的雪甚至没到了大腿根,生产作业条件十分恶劣。连长命令:"兄弟们,咱们用'爬山虎'开路,开出一条道路,所有挡在路上的大树一律放倒,国家的建设一天不能停,咱们的生产也一天不能停,一天都不行!"

冬天作业,兄弟们穿得像个棉花包,棉狗皮帽子、棉袄、棉裤、棉靰鞡、棉手闷子,全部上阵。

寒冬,连里吃水成了问题,可这难不倒连里的兄弟们,兄弟们用自制的铁钎子去冰封的小河上凿冰,用麻袋往回背冰块,这个冰块常常带有水草杂物,烧开的水也有草根的黄色,兄弟们给这水起了个好听的名字——百草汤。用这个水炖出的菜,不用放酱油也自有颜色。冬天帐篷里最主要的一道菜就是炖冻大白菜,可即使冻大白菜也供应不上,粮食也同样紧张,有时候还断顿,所以样样都得省着用,杏儿和张大嫂就往炖菜里多放水。好在时不时的炖菜里有老爷子打的野味做填充,给大炖菜增添了难得的油水,金贵无比。天冷啊,兄弟们回到帐篷,能马上造上一碗热腾腾的白菜汤,那就是幸福,无比的幸福,每个人的脸上都是笑容,虽然个个脸瘦如刀,虽然个个勒紧了裤腰带干活,但都有精气神!

生产作业更是无比艰难……

零下四十多度,呵气成霜,滴水成冰。

放树,倒套子,造段,打杈,抬杠归楞,抬杠装车。

杠往肩上一压,浑身上下每个毛孔里都蒸腾出滚滚热汗,帽子上、眉毛上、胡子上、棉袄上、棉裤上结着厚厚的霜花,整个人像一头西伯利亚白熊,更像一只长满白刺的刺猬。干活的时候,一直有热汗流淌,身上不觉得咋冷。等结束了一天的劳作,往帐篷点走的时候,棉袄、棉裤、棉靰鞡渐渐被冻成了僵硬的筒筒,到了帐篷点,兄弟们必须马上脱下这一身厚厚的装备,自己还脱不下来,得几个人连拉带拽帮着脱,脱下来的棉袄棉裤都能直立在地上。火红的大铁炉子一蒸腾,帐篷里就像洗澡堂一样,白茫茫面对面看不清人。

在这种极寒天气下干活儿,兄弟们得互相提醒着别冻伤,还要时常互搓一下冻僵的脸。人的脸不经冻,越冻越没有知觉,最后变成紫白;用锯放树时,脚窝在雪窠子里不活动,就可能冻伤脚。不管哪里冻伤,得马上用雪搓,拼命地搓,山场每年冬季作业,都会有冻伤的兄弟,有的甚至截了肢……

吴东起是采伐一组的组长,他和组员顾老黑是搭档,两人用一台油锯,放树支杆轮班干。顾老黑干活是没得说,像一头生牤子,干活狠着呢,一口气放了十来棵大树。嘴里呼出的哈气冻在上嘴唇的胡子上,形成了一个疙疙瘩瘩的冰圈,他的眉毛很重,眉毛上也罩了一团疙疙瘩瘩的冰珠,天冷得出奇,连一根根的睫毛上都裹上了冰碴。

站得时间长了,他的笑有些僵。

吴东起吸溜着嘴唇问他:"兄……弟冷不……冷呀?"

"冷,组长,不怕你笑话,我咋感觉我要冻死了!"

"别瞎说,赶紧起来蹦跶蹦跶,活活血,听见没!"

"有烟吗,组长?"

"俺啥时候能没烟,没烟跟断血了没啥区别。"说着把手伸进棉袄的里兜。

"嘿嘿——"顾老黑笑着龇出一口和他的脸完全不符的白牙齿,"给我整一只,见点火,能暖和点儿。"

"好嘞兄弟,俺给你点上。"

顾老黑戴着厚厚的棉手闷子,费劲地捏着烟,裹几口,感觉好多了,还是这玩意提神。他把棉手闷子摘下来,用手捏捏烟头,好烫,感觉一股热流一下子窜到全身去了,腔沟子都麻,暖和真好,能暖暖和和的最幸福了。他想走动起来,却发觉脚没有了知觉,"当当当当……"他的牙忽然打起架来,敲得当当响。

吴东起感觉不妙,"老黑,要不俺送你回帐篷吧。"

"不用……哪有那么……邪乎……让兄弟们咋看我……冻回帐篷……不干活儿……"他咧嘴笑了一下。

"那你走几步我看看。"

"我没事……走走……活动……活动……"他说着活动,却根本没有迈开步子。

吴东起越发感觉不对,嗓子都变音了,"老黑,咋了你,别吓唬俺!"

"组长,我的脚没知觉了,我要冻……死了!"

"混蛋,不准胡说!"这会吴东起已经端起了锯,正要拽火伐树,听他这么一说,吓得扔了油锯,哈腰背起人就往帐篷点跑……

跑得汗流浃背,呼呼暴喘,上气不接下气,还不敢忘跟顾老黑唠嗑,怕兄弟"睡"过去,"兄弟……你坚持会……坚持会啊……俺求你了兄弟……马上就到帐……篷点……马上……"

没有回音……

"兄弟,你给俺说句话!你个完犊子玩意儿!你不最有钢吗,钢哪去了?呜呜——"边跑边咧个大嘴哭,鼻涕悠荡着冻成冰棍。

真不能怪连长发火骂娘,也许是吴东起这个山东汉子急毛愣了,愣是把脚手冻着的兄弟直接背回了帐篷里。

天太冷,零下四十多度,连长命令所有人中午回帐篷吃口热乎饭,连长和大家伙一起回到帐篷点的时候,吴东起正哭哭啼啼地对着平躺在铺

132

上的老黑兄弟乱嚎。旁边杵着吓傻的杏儿和张大嫂。

周山预感不妙，扒开人群，吼着问咋了。吴东起指指老黑的手脚。周山马上明白咋回事了，一摸还套着棉袜的脚，脚像个冰溜蛋子一样梆硬梆硬。周山两个眼珠子喷出火来，破口大骂："吴东起，你他娘的傻了，这脚都冻成石头了，不在外面给兄弟用雪搓，弄屋来等死啊！"吴东起嘴巴张成了鸭蛋形，鼻涕又流得老长。"赶紧抬人！"周山大吼，兄弟们七手八脚将人抬到了帐外。"快用雪搓手脚，拼命地搓，快！快！往死里搓！"周山叫喊着，零下四十多度的天气，周山的汗呼呼冒出来，冻了一头白霜，他急啊……

兄弟们拼命用雪搓老黑兄弟的手脚，直到冰溜蛋子一样的手脚变软，渐渐有了血色，有了热乎气。老黑"活"了过来，长出了一口气。这个时候，连长命人马上将人抬回大帐，自己则对着杏儿大叫："杏儿，姜汤！姜汤，快上姜汤！"杏儿把早备好的姜汤递了过来，周山给他灌下。这么着，老黑兄弟的手脚算保住了……

周山心疼兄弟们，冬天啥没有都成，唯独不能没有生姜，林场供应不上，他就托人在山下买，甭管啥途径，只要有，必须得送上山来。所以一听见嗷嗷直叫的人喊声，只要一群浑身滚着白霜的"北极熊"在林子里冒头，杏儿和张大嫂就快速布开百十只大瓷碗，用水舀子将每一只大瓷碗都盛满姜汤水。兄弟们只要进了大帐的门，保准有一碗热乎乎的姜汤水喝，这一碗热汤下肚，从嗓子眼到胃到肠子里都热辣辣、暖洋洋的，再打上几个舒服的饱嗝，身体里的寒气也就驱散得差不多了。

严寒天气考验的不是哪一道工序，而是生产的各个工序，严寒的天气像魔鬼一样噬咬着兄弟们的肌体，似乎要咬碎冻裂兄弟们身上的每一条血管。连长在各个工序间不停地巡视，他关心生产产量，更关心兄弟们的身体，看见每一位兄弟嘴前都喷着热气，冒着白烟，他的心才踏实。连长命令，不管哪道工序的人，累了就休息，但这种休息不是静止地坐下来休息，而是边走边活动，人一旦静止下来，热量迅速被严寒裹走，极易冻伤冻死。

天气严寒，但是大木头还是每天源源不断送下山，生产作业面一天天

向纵深推进，从地势平坦的地方推进到山脚沟塘，再从山脚沟塘推向高山陡角。长在高山陡角的大树个顶个的好，可看着好，拿下来却是难得很。拿第一关放树来说吧，山高坡急，没有放树的作业面，再加上雪大鞋滑，人用大斧砍伐大树，就一个跟头一个跟头地摔跤，用大肚子锯和快马子锯也一样，没有落脚的重心，锯口走不正，掏不深便夹锯片子。用喝油的油锯干活能强一些，但在斜斜楞楞、滑滑软软的地方干活儿难度可想而知，得万分小心。转得比火车轮子还快的链条可不是闹着玩的，你放树不用劲不行，用劲也得悠着点，灵巧着点，到处冰滑，万一滑了，人扑在飞转的锯链上……

在平阔地，大树放倒了，能用马套子和爬山虎拖拉集材，但是在高山陡角，马套子和爬山虎都派不上用场，所以只能用人力窜坡。人力窜坡是件很危险的事，窜坡得有合手的家把什，也就是撬棍，人手一根，大家分散作业，借力撬动树干，使其滑下山坡。有的地势敞亮，没有啥路障，撬滑比较容易；有的地段伐根、灌木棵等杂物繁多，得走一步撬一步，还得用着悠力。大木头的前面有时也得有人，碰到伐根了，得撬离方向。这个时候，几个人的合作就相当重要，前面有人，后面的人用劲就不能过于猛，防止"窜件子"（大木头在瞬间窜下山），否则前面的人避闪不及，一出事就是人命关天的大事。

窜坡，最怕的还有另一样，这个事也是最易被忽略的事，那就是"回头棒子"。窜坡的时候，大木头会像不管不顾的坦克一样碾压过很多小树，一些小树会被压折，有的则被碾弯压平，大木头过去，被压弯的小树会瞬时弹立起来，要是迎面拍到人，那是可想而知的凶险。

采伐三组组长钱麻子就被回头棒子打过，不过那次真的不怨他，他发现回头棒子想都没想就冲了过去，挡在了一个组员的前面，万幸他下意识地用胳膊挡了一下，没让直接拍在脸上。当时他整个人被弹飞了起来，被抽出七八米远，挡树的胳膊肿得像大面包，两颗门牙当时就掉了，嘴肿得像猪拱嘴。嘴里血流个没完没了，杏儿用一大块棉花沾上云南白药让他用力咬着，才缓缓止住血。连长准了他的假，让他安心在家休养，可是钱麻子愣是一天也没回家，就在帐篷点闷躺了四天，第五天就出工了。这期间，杏儿照顾得无微不至，天天给他煮粥喝，还不忘往粥里加红糖。钱麻子感动得稀里哗啦，逢人就夸杏儿好。有小年轻的在背后开杏儿的玩笑，说杏儿胸部发育得越来越鼓，一跑起来胸前就像揣个小兔子在跳，屁股也越来越大，这小线条是该凹的凹，该凸的凸……钱麻子听见了，把那个兄弟胖揍一顿。其实无非是几句闲嗑，但钱麻子不让，让人家闭嘴，警告人家往后说杏儿漂亮可以，再多一个字他就抡拳头！

人没了门牙可不行，吃东西别扭，也太影响形象。是连长陪着钱麻子去镶了两颗大金牙，一笑金光闪闪的，钱麻子还挺美。也是从那天起，挨揍的小伙子给钱麻子重新起了外号——金麻子。钱麻子并不计较这些，还挺乐呵，金就金呗，金子更值钱，更他奶奶的好！

等大木头下了陡坡，马套子就派上了用场，但也是拣一些径级小的往楞场捎，大径级的马套子根本捎不动。这也难怪，木头太大太重是一方面，马吃得不饱不好是关键。草料是够，但让出大力的马光吃草料那是瞎胡闹，如果马有足够的豆饼那有多好。见天的重力拖捎，却只能吃着一点点豆饼渣，马瘦得皮包骨，毛稀稀拉拉，身体像蒸汽机一样发着热气，热气凝固，在马的身上结了一层厚厚的冰珠铠甲。马拉不动啊，赶马的兄弟就蹦着高高抡圆了鞭子抽马，马身上的冰珠铠甲四下迸飞，身上洇出条条血痕。"咴儿——咴儿——"瘦马打着长长的响鼻用四蹄奔刨，滑滑的雪窝被踩踏成冰道硬茬，瘦马艰难地行进一步、两步，每一步都是拼尽全力向前冲，身上发出热浪，热浪裹挟着化开的血水滴落下来，染红雪地。李宝才的老黄马坠崖后，他又接手了一匹套子马，他听从了徒弟二愣子的话，再也没真用鞭子抽过马，都是象征性地用鞭子抽几下，手底下有轻重，决抽不出血道子。二愣子早出师了，有了自己的套子马，他的脾气变得异常火爆，鞭子甩得震天响。这小子有办法，鞭子甩得响，可是并不全落在马背上，纯粹是为了吓唬套子马的，马哪有不怕鞭子的，就昂首奋蹄向前冲，所以，他的套子马不比多挨鞭子的套子马慢多少……

归楞，"爬山虎"是重头戏，被窜下坡的大木头，径级小的几根是一捆，

铁府

径级大的一根就得跑一趟。大木头树梢的部分被系上油丝绳，"爬山虎"紧缩油丝绳，大木头就被"不情不愿"地轰隆隆拖上了大板。每到这时"爬山虎"就开始大口地吞柴油，老爷子说过，它就是个喝油的怪兽，这话半点不假，如果倒腾一天大木头，三百六十斤的一大桶油都不够它喝。

"爬山虎"干起活来像个不知疲倦的巨人，但晚间停下来不用的时候就像个娇小姐，得有个专门的"闺房"——机库。机库里的火炉夜间是不能断火的，所以连里也就有个不成文的规定，夜间不管谁起夜，就得顺便去机库炉子里填把火，绝不能让"爬山虎"冻坏。

在这个物资匮乏的年代，油料断顿，"油老虎"趴窝是常有的事，所以，连里惜油如命。在油料充足的时候，如果一个连队多几辆这样的爬山虎，那得省多少力，可是，眼下这只是个奢望，一个连队只有一辆。连长把这个铁疙瘩看成了金疙瘩，有欠手的家伙没事上去摆弄一下，尤其是冬天，如果恰巧让连长碰上，准会让骂个狗血淋头。连长恨不得将这个金疙瘩抱在怀里、含在嘴里！

可是老天似乎玩命地考验着这支叫红旗连的连队，这个金疙瘩终于趴窝了，它吐着丝丝拉拉的几缕黑烟，像一个病入膏肓的肺痨病人，苟延残喘，在跑完一趟活儿后就死赖着不肯挪步了。赵老虎劈头盖脸地骂年轻司机，"你他娘的瞎了，看不着这大黑烟！看不着这水都开锅了！这么开，钢垫能不呲！给我滚犊子！"换下司机，赵老虎亲自上阵，急得甩飞了帽子，车上车下钻爬着找毛病，带汗的头发瞬时冻成一个大冰坨，可任你有多急，金疙瘩就是纹丝不动。连长急红了眼，又一把把赵老虎甩出老远，他飞步蹿上车，坐在驾驶室里，前后拉着操作杆，咬牙切齿地一通扳动敲击，似乎要把这犯了瞌睡的钢铁巨兽震醒。"他奶奶的！"连长也甩飞了棉帽，双手叉着腰，一动不动望着厚雪覆盖的白茫茫的森林，胸口像有东西压着喘不过气来……

连长几个人忙活了一白天，终于找到病根，真是怕啥来啥，果然是发动机钢垫呲坏了。赵老虎还骂个不停，"嘴上没毛的年轻人就是不行，学多久都白搭，就是整不明白，非把车开零碎了不可！"他气得像发疯的老虎咆哮着。虽然这个钢铁巨兽回不到机库,但决不能让发动机冻坏抱死,连长命人给爬山虎在原地搭起帐篷,在帐篷里支起铁皮炉子,由专人夜里给"爬山虎"烧火供暖。又命人火速下山,用最短的时间把配件送上山!

"爬山虎"趴窝了,但是一切工序必须正常运转。

连长只得重新调动分配人马,将各道工序的人员都抽出一些,充实到集材组。充实过来的人员全部抄杠抬杠,将造好段的木头往集材点抬。

原有部署被打乱,重新拆分,再重新组合,话说得轻巧,但实行起来并不容易。本来各组的人都是一个萝卜一个坑,抽哪个组的人,哪个组都"瘸腿"。被抽调组的组长都吭哧瘪肚,脸像紫肝。但军令如山,并不是你愿不愿意的事。

中午吃饭的时候,就有人发牢骚了,"连长还抽我们组的人,兄弟们看看我那组都啥样了,昨天齐老憨被'吊死鬼'(树上掉下的枝杈)穿了半边脸,建军放树扒拉雪窝子被灌木棵子扎穿了手,一天就放片儿俩。"

兄弟们就把目光投向可怜巴巴的俩伤员,此时两人正吸吸溜溜地喝着开水冲泡好的红糖水。一个伤在脸上,一个伤在手上,纱布外的血痕还依稀鲜红。俩人也算是个犟种了,都是死活不下山,说养个三五天就没事了。轻伤不下火线,在连队这也算是个传统了。

要说齐老憨也是点背又命大了,戴着棉帽子,棉帽子外层扣着竹编的安全帽,按说这样的装备应对"吊死鬼"足够用了,根本伤不着,可那工夫,油锯震得树上簌簌落雪,他欠儿欠儿地眯着眼稍稍仰头向上瞅了一下,就这么零点一秒,脸被"吊死鬼"穿个正着。一根不大的小杈就穿透了皮肉,碰到了牙齿才停下,血从脸的里外一起往外流,齐老憨捂着脸一口气跑回帐篷。要说杏儿的云南白药也真是战无不胜的法宝了,药面子撮上去,一刻钟的时间,血就止住了。建军咋伤的呢?那会儿,这个兄弟正戴着厚厚的棉手闷子扒拉雪窝子找放树的锯口,愣是被一棵不起眼的折断的灌木秧子穿透了掌心,一瞬间钻心地疼,手触电般地抽回来,停了一会儿,那血才从手心手背向外冒。他跑回帐篷的时候,杏儿刚给齐老憨上完药。杏儿的心揪揪成一团,心疼得泪水在眼窝里打转转,但她不能慌乱,她得稳

着,安慰着,得有条不紊地上药包扎。

在连队,没断了骨头折了筋的伤都被称为皮外伤,兄弟们没有太当回事的,把血止住,也就算好了,根本就不需要大惊小怪。皮实的在帐篷待两天也就又出工了,身体弱点的,休个一周也就顶天了。在连队干活,没受过伤的几乎不存在。虽都是小心着,再小心着,但又有谁敢说明天和意外哪个会先到来?

兄弟们发发牢骚,其实也就事后快活快活嘴皮子,连长让咋干,那绝对是令行禁止,不会拖泥带水。

减员两名的是吴东起的采伐二组。

下午干活儿的时候,周山又冲上了这高山角,拍拍吴东起的肩,吐着白气问他"顶得住吗?"

"连长,顶得住!"

"好样的!"周山停了一下,用带血丝子的眼睛盯着他,有些张不开口,似乎下了下决心才说:"兄弟,如果咱再抽走你俩人,顶得住吗? 咱要你的实话!"

吴东起这个山东硬汉,眉头都没皱一下斩钉截铁地说:"连长,顶得住!"

周山立起豹眼,"兄弟,咱现在是跟你商量,等咱扭身走了,那咱留下的话就是军令状! 说实话,别硬撑,顶不住,咱再想别的办法!"

"连长,俺是党员,俺又是您的兵,俺从部队就跟着您,俺懂军令如山!俺再重复一遍,顶得住!"

周山用手掸掉他身上的落雪,大口吐着白气,沉沉地说:"那你给咱说说看,你的底气哪来的?"

吴东起底气十足,吼着说:"连长,高山角这一段的大树马上就放完了,俺的人一半已经转到南面平场地了,那儿窝风又平整,有利于作业。吃完午饭,俺把那台坏油锯又鼓捣好了,也背上山来了。虽然咱的人手少了,但俺现在是兵精将强,又有天时地利护着,不怕完不了活儿!"

周山的脸让冻过,以后就年年冻,脸一冻,就肿,就淌黄水。他咬着牙冲上山,在所有作业点指挥调度,见哪忙不开身,就干上一阵,不歇一秒。他说话的时候,从帽檐口往下淌黄汗珠子,这样的黄汗珠子并非真是热的,这是病!热汗如刀!

"连长,您说再抽几个吧!"他看出连长的欲言又止,应该是话未说尽。

"兄弟,还是你了解咱,说实话,抽俩不够还得抽俩。雪窝子太厚了,集材的兄弟走一杠身上就让汗塌透了,裆都迈不开,人少了,真整不过来!"

"连长,您别说了,俺这就派人,天黑前,俺今天的采伐任务保证完成,如果俺完不成,您拿俺的脑袋当尿壶!"

周山重重地拍拍他的肩,没有出声。

"连长,有句话,俺不敢说,说了怕您生气,可俺,还得说,不说俺得憋死!连长,您,您回帐歇歇吧,瞅瞅您的脸,冻成啥样了。"说着话,被水呛了嗓子,那是憋回肚的泪。

"好兄弟,满连里,没有谁比你更了解咱,战场上,咱脑袋瓜子顶着子弹都是往前冲,咱就没退缩过!咱这张老脸皮不是跟你吹,虽说不光滑,但经风又经霜,关键时候还能挡子弹头子,你信不信!"说完自个儿哈哈大笑上了。

吴东起侧过身,两行热泪抛在了雪窝子里。周山又拍了拍他的肩,"俩人我领走了,告诉兄弟们,再多加小心,给咱脑袋上、后脑壳上再长两只眼睛,不能再伤人了!"柔和的目光透着热烫,坚决!

"是,连长!"吴东起直直地立正身体,扬起右手,标标准准给连长敬了个军礼。

一脸风霜。

一身肝胆。

一腔热血。

一天下来,任务一米也没少。如果说世上有啥奇迹,那么,人,就是最大的奇迹!

毛主席说:人定胜天!兄弟们就战天斗地无往不胜!

　　这个冬天漫长而难熬，"爬山虎"一次次"累""趴"趴窝，喝油的油锯、倒套子的几匹瘦马预料之中地你好它"病"，你"病"它好……大雪铺天，罕见恶劣的天气让连里时不时就冻伤减员……

　　马吃得很不好，人吃得也很不好，冻白菜、冻大头菜挤牙膏一样地补充，少得可怜。得到的命令是：克服一切困难，保证生产任务不减！

　　从那一天开始，后厨的主菜变成了盐水煮黄豆，另一个永不变更的配菜就是卜留克咸菜。条件越来越艰苦，但兄弟们还是原来的兄弟，只要进了帐篷，只要热气腾腾的白面馒头、苞米面窝头端上来，所有的疲惫就都湮没在笑声里，没有人在连长面前提过饭菜如何如何，在杏儿的面前也不提！

　　这是王志杰有生以来过的最难忘的冬季，他是真正领教了冻得直冒白烟的大岭的厉害，也终于知道了啥是东北话中的嘎嘎冷！

　　严酷的工作环境，艰苦的生活条件，繁重的生产任务，将兄弟们的心紧紧地、牢不可破得拴在一起！

　　巧妇难为无米之炊，看着兄弟们少菜缺荤，杏儿急得眼圈发红，就蘑菇老爷子多弄一些猎物回来。

　　老爷子不会去对杏儿承诺打多少猎物，但他知道杏儿这个丫头好，善良，善良得让人心疼。他看看这个眼里滚着泪珠子求他的孩子，也没有说啥，快速地吃光了碗里的"小灶菜"———一盘肉炖冻白菜和两个窝窝头，顶着灰蒙蒙的天就出工了……

　　杏儿留了点后手，有十来颗冻大白菜是专门留给老爷子的，杏儿给老爷子做小灶的时候，也给连长留一碗，她觉着这于情于理也说得过去。可这严重触怒了连长，杏儿和张大嫂被猛批了一顿。"告诉你俩八百回了，咱红旗连就一个人吃小灶，那就是老爷子，剩下的，没有特殊人物！咋就听不进去呢？再一再二没有再三的，下不为例！"张大嫂一句也不敢反驳，态度还算老实，可杏儿不行，杏儿得对付几句，"干爹，我们一直按您吩咐的办差啊，每顿给老爷子做小灶都有定量，虽说老爷子不可能顿顿吃那么多，可我俩得顿顿做那么多啊！他老人家都吃了，倒是省心，可要是没吃了,剩了咋办? 还能倒掉? 所以,您吃的那份,压根就是老爷子剩的,咋能算小灶呢?"周山听听,丫头说得也是那么个理,自己这一碗菜,也确实清寡汤水,没几片白菜叶子。可是周山心里还是不得劲,他的心里只想着和兄弟们同甘共苦,他的碗里有几片白菜叶子,兄弟们的碗里就得有几片白菜叶子,没有,那就不行。周山一摆手,心想,算了,说也说不过杏儿这丫头,"那这样,以后再有小灶的剩菜,张大嫂,你和杏儿就吃了,不用给我端来,端来咱也不吃,咱吃的,必须和兄弟们吃的一模一样,差一点都不行!咱自个定的规矩自个都不遵守,那还像话吗? 兄弟们就是不说,咱这老脸也挂不住!"杏儿是没辙了,可还想对付几句,发觉衣角被张大嫂拽得老长才忍了后面的话。

在杏儿的眼里,周山不但是指挥千军万马的"将军",是最亲的干爹,更是一位有着严重腰伤的老人,他既出大力又要操全连的心,这样的人照顾一下不应该吗?

应该,太应该了,兄弟们没人会说不应该。可是连长他不听啊,他的官最大,脾气比谁都犟!

望着顶着星星出发的老爷子佝偻的背影,杏儿的眼角湿润,嘴唇咬得没了血色,在心里说:"谢谢您了,老爷子,谢谢了,老爷爷,您听见了吗? 其实在心里,我一直叫您老爷爷,您就是我的亲爷爷……"杏儿抹着泪花笑了,杏儿懂老爷子,老爷子对她没有承诺,只投给她温暖的一眼,但杏儿知道,这种没有承诺的承诺最让人踏实,这温暖的目光所代表的东西其实坚若磐石! 去年冬天也是到了采伐最艰难的时刻,杏儿在吃饭的时候叨咕了几句吃年猪的场景,啥猪肉烩酸菜、炒猪心、炸猪蹄、凉拌猪耳朵、灌血肠……说得自个儿和兄弟们直流口水。万万也没有想到,老爷子真的就去弄了一口猪,一口肥野猪。

兄弟们将这口被套子套住的肥野猪抬回来的时候,它还没有咽气。于是大家生生感受了一把最热闹的杀"年猪"!

虽然不是真的过大年,但对于兄弟们来说,有猪杀,有肥猪肉吃,无异于新年。野猪被兄弟们说笑着抬上临时搭的大木板铺上,前面是做饭的

大铁锅,炉子里的柴火烧得噼里啪啦地响,开水泛着白花,满后厨热气腾腾,那肥猪还大口大口吐着白沫子,眼珠子血红血红。主刀小广安师傅攥着一把长长的链轨销子打造成的尖刀,还笑着念念有词,"猪儿猪儿你莫怪,你是阳间的一道菜,如今苦了你一过(个),幸福我们百十人,你虽然遭了一刀儿,但是我们勒门(那么)多人都记到你的好的,你豆(就)算牺牲了也还是想得通嘛!"

哈哈哈哈——

到处是开心的大笑声。

小广安似乎是杀猪的老手,对于忙活吃喝这一块,四川人确实特有地耐心和专业。白刀子进去,红刀子出来,放猪血,他把刀子伸进猪的脖子里,一直往里扎,手也从血窟窿塞进去,直到扎到猪心上,那肥猪立时就不欢腾了,咕咚咕咚地流了一大盆猪血。兄弟们帮着忙活:开水烫猪皮,动作麻利地刮猪毛,乐得合不拢嘴地灌血肠,洗下水,卸排骨,切五花,切炖酸菜的肥肉片子……一个个忙得欢天喜地,和过年比,就差放挂鞭了。

在连队能吃上酸菜,那是杏儿的创意,她看爬山虎机库地方大呀,闲着很多地方,就把上秋积攒下来的大白菜用特号大缸腌上。这酸菜金贵着呢,一般的时候舍不得吃,看兄弟们太辛苦的时候,就熬它一锅酸菜汤,再往锅里弄几勺子荤油,那味道,美死个人,解脍肢。

那晚,连长也少有的大方,将积攒下来的足有五十斤的一大塑料壶地瓜懵全上了桌,兄弟们光着大膀子开怀畅饮,大块吃肉,吃得汗流浃背,喝得锣鼓喧天,大帐里回荡着像打仗一样的划拳声,开玩笑的大笑声,破锣嗓子唱出的歌声,想家的号啕声……真比过年还热闹。五十斤的地瓜懵一顿喝个底朝天,五百斤的大肥猪一顿吃了一大半。

那一顿,解了兄弟们多少日的馋虫,过瘾,解脍肢。

老爷子整这些大小猎物,不会耽误正常的采伐工作,他会早出工,在出工的道上就手下套子,收工回来的路上收获猎物……

老爷子下套有绝活,傻狍子、野兔子都跑原道,顺着雪印,不难发现各种动物的足迹。尤其是刚下过雪的时候,只有猎物的印迹,一点人的足迹都没有,下套更容易命中。老爷子把兔套子下在低矮的灌木丛里,寻到新鲜的兔印迹,就把套子张开,另一端拴在结实的小树上,如果跟前没有小树,拴到大棵的灌木上也可以。小兔子进了套子是挣不脱的,那个套子是活死扣,越挣越紧,用不了多久,就被越缩越紧的套子弄得喘不上气,渐渐失去挣扎,冻死在雪里。

套子是油丝绳拆解开的钢丝弯成的,有十足的弹性和韧力,被套子套住就别想挣开。弄兔子这样的小东西一根钢丝足矣,要是弄狍子这样的大动物,那套子得用几道钢丝绳弯成。傻狍子有力气,越紧越往死里挣,有时真能挣开套子,可套子上也留下了血淋淋的半条腿。老爷子就顺着血迹去追猎物,终会追上这受了重伤奄奄一息的傻狍子。

兄弟们的肚里都缺油水,你看着一个个人高马大的,多数都是骨头架子在支着,见了肉腥,笑得嘴都咧到腮帮子后面去了,吃得直吧唧嘴,那个香啊。可往往这个时候,连长反倒跑回帐篷去抽烟,兄弟们狼吞虎咽地吃肉,他的心里不好受,一不好受就抽烟。杏儿给连长碗里硬加上几块好肉也常常是被原封不动地"打道回府"。杏儿也倔,见连长不吃,她也一块不吃,将碗里的肉倒回大锅……

王志杰穿得不少,像个大棉包,这都是杏儿的功劳,杏儿真是向着他,生怕他冻着,给他做了一条像大熊腿一样粗的棉裤。这棉裤真是暖和,可是抬杠的时候却成了累赘,迈不开步,拉不开裆,更主要的是,这样走一趟杠,棉裤里就能捉蛤蟆了,满是汗水,可是不能停,停下来,这个大水包一样的棉裤就会被冻成直筒,那可真正迈不开步了。兄弟们笑他,这笑声更像是一种羡慕和祝福,他的心里很美。

被人疼,确实是一件很美的事,可是,这个时候,他的眼前却总能浮现一个人,那个永远离他而去的好兄弟,他的鼻腔酸酸的。以前,他总憋着一股劲和隋友文抬一副杠,虽然两个人多数时候都默默无语,但似乎又说了所有想说的,他们好像是对手,却更是兄弟!

冬日里的大跳不好上,脚底带起的雪使大跳溜滑,来回踩动间,积雪就变成了冰,必须一万个小心,但凡有一个不小心,滑了杠,后果不敢想。

铁府

这天小广安脚脖子崴了,被兄弟们架着回到帐篷,脚似乎崴得很厉害,棉靰鞡都脱不下来。最后只得用刀片划开棉靰鞡,脚才露出来。见到这个伤脚,兄弟们倒吸了一口凉气,崴一下咋能崴得这么严重,那哪是脚啊,简直就成了滚圆的西瓜,脚背脚底青紫红肿着,从悬崖掉下来摔的可能也不过如此。

小广安龇牙咧嘴地忍着,还让兄弟们别围着,怕连长看着。小广安叫王志杰去整点地瓜憷来,说揉揉就好了。王志杰推推眼镜框,咽了几口唾液,有些磕巴,"小——广安师傅,这可不——不是揉几下就能好的,这得报——报告连长,连长是赤脚医生,得让他帮你弄。"

小广安急了,"你嘞个批娃儿硬是瓜的吗?让你切腊(去拿)你豆切腊(就去拿)嘛,连长一天忙得脚打后老抓(脑勺),未必还要喊他来揍我嘞个臭脚吗?你那个老(脑)壳,一天到底在想些啥子吗?装的糨糊吗?我看你一天戴个眼镜是不是读书遭读哈球了哦!"小广安瞪个眼珠子,嗓门一声比一声高。

王志杰没有吭声,他看见小广安师傅冷汗如刀。他转身离去,尔后是疾驰的脚步声,"闪开!"是连长周山的声音,大家纷纷躲闪,躲闪不及的被周山拔拉到一边。

周山的心重重沉了一下,面容上却不动声色,他把语气放缓了说:"没事兄弟,咱来了,咱给你看看。"

小广安挣扎着坐起来,不好意思地缩脚,但哪里缩得回去,肿脚已被坐下来的连长抱在自个的腿上。小广安四下搜索王志杰,嘴里还骂着:"狗日的瓜娃子,屁嘞门大个事,硬是把连长整起来了,看老子一哈不铲你龟儿一耳屎,让你龟儿门都摸不到!"

"兄弟,忍着点。"连长的额头上沁了一层雾汗。

"连长,你莫听他惊抓抓的,豆(就)是扭了哈脚,格外又没得啥子,哪有辣么严重哦!我个人弄点酒揍哈豆(就)是!"

"咱是连长不假,但咱更是你们的兄弟!"连长望着小广安的眼睛,渐渐湿润。小广安嘿嘿地笑,额头上鼻尖上的汗也开始往下嘀嗒,"来嘛连长,我什(承受)得起!"

周山将酒瓶子递给小广安,"来兄弟,整点。"

小广安接过酒瓶,咕咚咕咚啁了小半瓶,"来嘛连长。"

周山嘴里含了一口酒,"噗"的一声喷洒向肿胀的脚踝,然后端着肿脚,轻轻地放平在自己的大腿上,轻轻地捋。小广安额头上的冷汗珠子开始由嘀嗒变成线一样地淌,从脑袋的四面八方淌出来,但是一丝叫喊也没有,嘴角弯着,在笑。

"黑瞎子进帐了!"周山忽然将目光移向门,喊了这一句,所有人惊得要蹦起来,都将目光移向门,包括小广安。在这当口,只听嘎巴一声脆响,伴着一声惨号,小广安直挺挺地从床上弹起来又落下去……

其实哪有啥黑瞎子,这是周山的分神法,他是个标准的赤脚医生,他深知被接骨的人过于紧张,那筋骨是分不开对不回槽的,无法重新接合,所以周山来了这么一手。就在小广安分神的瞬间,他用力将错位的脚踝重重拉开,再按正确的方位重新端起接上。这手法一气呵成,几乎在半秒之间就完成了,快得让旁观的人看不清,让伤痛的人只是痛那么一闪之间,不过这一闪之间的痛,绝不是人在注意力集中的时候能挺得住的。

小广安师傅像从澡堂子里捞出来一样,冷汗如雨,脸上没有一丝血色。

"行了,养几天就可以下地走路了。"周山的手明显在颤抖,用手一挥,甩飞了一脑门的汗珠子。

过后的一天,在没人的时候,周山问小广安:"兄弟,那脚到底咋崴的?"

小广安不好意思地挠头,"连长,我豆是不小心扭了一哈。"

"咱是问你在哪崴的?"周山一动不动盯着小广安的眼睛。

小广安有些紧张,"豆是平路的嘛,又没得包包没得啥子的,硬是豌豆子滚屁眼——遇到圆儿了哦……"

"咱到底是不是你兄弟,再给咱说一遍,到底在哪崴的?"

小广安笑得很勉强,"嘿嘿,连长,豆是……豆是在大跳上扭的,最后

一杠,你说……"

他再看周山时,周山已经眼眶血红。

"兄弟,那天咱一看你伤得那么重,就知道这绝不是在平地上崴的,你在大跳上崴了脚,用崴了的脚走完了最后一杠,你那是拼了狠命……你救了好几个兄弟的命啊!"

周山紧紧地握着小广安的手,热泪滚滚而落,

小广安的话变得抖抖的,带着哭腔,"连长,你看我嘞个笨戳戳的样儿,啥子都做不好……"

周山忽然起身,身体挺拔立正,郑重地满怀敬意地向小广安兄弟敬了个军礼!

十

人被大批地调到集材组,采伐的任务也就更重了,老爷子瞪圆了眼珠子,甩飞了厚厚的大棉袄,那玩意太碍事,裹得人像个球,屁事也干不了,甩不开膀子,拉不开架势!

活儿出得少,老爷子急!

齐腰的大雪里,放树成了第一道难关,得扒开雪窝在距地面三十公分的地方下锯。锯带了雪,死沉,等锯飞动起来,产生的热量融化了锯条上的雪,锯口一停,化开的雪水又包在锯上成了冰块,这时候就得把锯从树身上拽出来,磕去锯上的冰碴才能接着用……

放树时,锯条碰到石头或铁钉之类的最毁锯,碰上硬结多的树根和水饱树根也很毁锯,锯一旦不透溜了,得马上伐,要不锯口钝得能累死人。俗话说磨刀不误砍柴工。伐锯是老爷子一辈子最爱干的事儿,他坐在倒木上,双腿一夹锯,从腰间的布袋里抽出活口钳子和尖锉就干起来,干之前不忘从怀里掏出铜制的小酒壶嘬上两口暖暖身子。呵气成冰的天,不一会儿鼻涕就冻出老长,成了冰棍,但老爷子丝毫没注意,一心放在锯齿上。

伐锯看似小事,实在是个拿人的大活,一天出不出活儿,在人,更在锯好不好用。伐锯的说道更是多得很,首先得用活口钳子掰料(将锯齿对应

着向左右拉开距离）。料掰大了，下的锯末粗，干活儿费力；料掰小了，下的锯末又太细，夹锯，锯不了多深，锯就被抱死，走不动了。掰完料，就是伐锯齿了，这关更要紧：锯齿伐过劲了，太尖细爱嘣齿；伐不到位，锯齿钝，死沉，不下料，不出活儿。伐过的锯要上线不偏，锯齿得像受阅的战士，必须在一条线上。看着光闪锋利的锯，老爷子像看着出生的孩子一样开心，开心得合不拢嘴。老爷子曾说过："这辈子要是有个自己的孩子就太美了。"

老爷子干得起劲，胡子、眉毛、棉帽子都挂了厚厚的霜花，从嘴里大口地喷着热气，注意力集中，干得那个猛。这个时候，是没有人敢打扰老爷子的，他可是个倔老头，不管官不官的都敢骂。有一次他就骂了一个来视察作业点时乱指挥的副局长。连长因此挨了批评，小道消息称，连长好像还因此耽误了升职，可是这事连长提都没提，没舍得说老爷子半个字，还给老爷子敬酒，说老爷子威武！过后老爷子也觉着一万个对不住连长，可也不会低头认错。有一次吃晚饭，老爷子端了满碗酒来敬连长，嗓子有些嘶哑，"连长，老头的话在酒里了。"一口把半斤的地瓜懵干了。

老爷子玩命地干活儿，没有人支使他，也不用人支使，干的活儿就是干净、利落、透溜、板正，让人无可挑剔。那天，老爷子和往常的任何一天一样伐锯，直直地坐在风雪中，满头的霜雪，嘴前已不再有大口的白气，却仍保持着伐锯的姿势，像一座伟岸的冰雕。老爷子静静地走完了他的一生！北风呼啸，飞雪刺骨，连长和兄弟们脱帽致敬，连长深深跪下去，眼窝子红红的，吼了句比抬杠号子还响亮的送行号子，"老——爷——子——老——父——亲——您一路走好——"

"老爷子，老父亲！您一路走好——"所有的兄弟都哭了，泪珠滚滚而落，冰冻在脸上。

老爷子走了，往后的生产任务一米也没有少，兄弟们在用这种方式给老爷子送行……

山中的岁月，兄弟们负重前行！

兄弟们的每一天都过得真实、鲜活和掷地有声！

王志杰的脸色很难看,挺多天,脸色蜡黄,饭也吃得不多。

周山挨着他坐下来,压低声音问:"志杰,脸色这么难看,咋了,病了?"

王志杰赶紧回话:"没有,连长,您放心吧。"

周山抚着他的肩,轻声说:"志杰,时间过得真快啊,你去年六月来的,现在是一月份,一晃已经八个多月了,友文也走了快半年了。友文走的那天,你俩的调令是一块到的,组织上早就要把你调走。老首长二次手术很成功,他已经给医院下了几回命令了,让你立刻回医院上班。那里才是你真正的岗位,那里才是你真正发挥所长、能更好地为人民服务的地方。可是你比咱想象的要倔啊,你不听咱的就算了,你几次顶着组织处分就是不返岗,志杰,咱是个男人,国家培养咱一回不容易,咱不能任着自己的性子胡来。你不让咱把调令的事跟任何人说,咱是个男人,说话得算数,咱没跟任何人讲,杏儿咱也没透过半个字,可这一次,组织上又来信了,组织上给你捎来了一套崭新的《毛泽东选集》。志杰,你是国家培养的大学生,国家培养的干部,组织上给你捎来了这份厚礼,组织对你的器重可见一斑,咱这脸上都觉得有光啊!这次,你说啥得回医院了,这次,咱不是在跟你商量,是咱代表组织给你下的命令,你必须执行!"

王志杰嘴唇努了努,周山知道王志杰要说什么、想说什么,可他不让他说,让他执行命令!

王志杰只能执行周山的命令,半点反对都不行。他找到杏儿,他真不知道咋跟杏儿开口,开这个口比杀了他还难受。王志杰终究没有开口,倒是杏儿开口了,她笑着抚着他的脸说:"志杰,我全知道了,干爹刚刚都跟我说了,你真是个傻孩子。"

"杏儿,你……我……你不怪我?"

"志杰,我知道,你舍不得我,舍不得丢下我,舍不得丢下干爹,舍不得丢下兄弟们,可是,你是下山去当医生,又不是生离死别。"说着话,她紧紧依在他的怀里,紧紧地抱住他的腰,听他狂热的心跳,她喃喃地说:"干爹说了,我身体也不好,从那次惊吓后,身体真是大不如从前了。干爹说我不适合总待在山场,你好好干,等你娶了我,我就跟你下山。以后我就在

铁府

家等你,给你做饭,给你生孩子,我就啥也不干了,让你养我。"她紧闭上眼,热泪溢出眼眶,她呢喃:"志杰,这种日子我都不敢想,想想,就美得要死,不知道咋开心了,我总觉着这样的日子是个梦。我爱你,志杰,我只要你……不要丢下我……"

王志杰紧紧地揽着她的腰肢,紧紧地用唇吻她的额头,"杏儿,这怎么能是个梦呢,就算它是个梦,咱俩也得把它变成现实。杏儿,你不知道你有多好,傻丫头,我爱你,一点也不比你爱我少,我不想走,就是不想离开你,一刻也不想! 这辈子,我养你,我只爱你!"说着说着,大颗大颗的泪滴顺腮滴落在她美丽的额上。

北风呼啸后,暖暖的太阳照着大岭,飞舞的雪花像玫瑰般惊艳……

王志杰下山当回了医生,距离让两颗炽热的心越靠越近。他挤出时间就回连队看杏儿,看周山,看兄弟们;杏儿也是,几天不下去,周山就赶她下山。杏儿撅着小嘴说:"丫头下山走了,这饭谁做啊,饿着我干爹饿着兄弟们咋整啊。"周山就跟她吹胡子瞪眼睛,"这臭丫头,干爹手下猛将如云,还差你个小丫头片子,去玩你的,最好别回来了,哈哈哈哈——"

"哼,干爹,你也太狠心了,不要丫头了。"杏儿嘟起小嘴,佯怒。

"哈哈哈哈,这丫头的心越大越歪,现在都歪到王大夫那边去了,干爹早该下场了,哈哈哈哈——"

"干爹坏死了。不理你了。"杏儿羞得面似桃花,掩面遮羞。

王志杰和杏儿走得很近,没有人不羡慕的,可是周山仍觉得他们的"步子"迈得太慢,逮着王志杰就给他上了一课:"志杰,咱是当兵的出身,说话不会绕弯子、兜圈子。按理说,这话咱不该说,可你知道,咱是谁啊,咱是杏儿的干爹,又不得不说。你和杏儿的事是不是该那个啥了,是不是? 嗯? 总拖着干哈? 咱的心不踏实啊——"

王志杰笑,赶紧起立立正自我检讨,又向周山保证:"连长,我保证尽快完成任务,将杏儿娶到家!"

周山照他胸上擂了一拳,"哈哈,你小子不糠,咱就等你这句话呢! 明白就好,那就痛快利索的,把好事给咱办了! 哈哈哈哈——"

王志杰腼腆地笑了，脸红了一大片，直挠后脑勺，"是连长，保证完成任务！"

"哈哈哈哈——"周山大笑，像个孩子一样开心，翻箱倒柜地给王志杰找糖果吃，人家不吃，硬往嘴里塞。

王志杰哪敢不听连长的命令，不管过去、现在还是以后，他只记住一条——连长的命令必须执行，必须完成！

连长的话，谁敢不听！

没过多久，王志杰就火烧屁股一样跑上山来，见了杏儿，推了半天眼镜说不出个整话来，急得杏儿直转磨磨。王志杰长喘了口气，让心稳了稳才说："杏儿，本来这次来，是准备跟你，跟连长商量咱俩的婚事的，可是，半道又杀出个程咬金来。"

杏儿紧张得直攥拳头，伸开五指，手心里全是汗，但杏儿不能乱了阵脚，杏儿给他沏茶倒水，让他慢慢说。

王志杰说："杏儿，这个事是一个不算好也不算坏的事儿。"

"这叫啥话啊，别卖关子了，快说！"杏儿噌地站起来，再也坐不住，摇着他胳膊，"你想急死人吗？快说啊！"杏儿的眸子已经变得水润了。

"杏儿，组织上要调我去内蒙古大兴安岭林业管理局中心医院上班，说那里才能发挥我更大的作用，还说，让我当内科带头人。"他看杏儿的表情。

"真的吗？太好了！"

杏儿的反应让王志杰如释重负。

"从工作的角度讲是挺好，可是，那样我离你就更远了，毕竟那个地方在喜桂图旗的牙克石。"王志杰的声音越来越低，可怜巴巴地望着杏儿。

杏儿扑哧笑了，抚乱他黑黑的头发，"傻孩子，牙克石又不跨洋跨海的，等你安顿好了就回来接我。"

"嗯嗯，杏儿，其实我早考虑好了，我跟组织就提了一个条件。"王志杰才有了笑模样，神神秘秘的。

"啥条件？去就去呗，还给组织添啥乱？让干爹知道，又得骂你！你

知道的,干爹这辈子最不愿意干的事就是给组织添麻烦。你才走几天,就把毛主席他老人家自力更生,艰苦奋斗的伟大指示给忘了?"

"杏儿,你别急,我跟领导说,我去可以,但是得给我解决住房,我要结婚了,得有住的地方。你猜怎么着?没过两天,组织上就答应分给咱一个板夹泥房子了。"

"真的吗?"杏儿开心死了,咯咯笑起来,可是她又想哭,她不知道从啥时候开始自己变成了林黛玉,见不着他想哭,见了面还哭,女人难道真的是水做的吗?

王志杰真是开心,没想到杏儿是如此的通情达理,对他从没有半句埋怨的话,全是理解与支持,他在心里暗暗下决心,这辈子对杏儿好,让杏儿做天底下最幸福的女人!

每次两人见面,张大嫂都一百个关照杏儿,"后厨的事你甭管,好好跟志杰聊聊,没人会打扰你俩,我给你看着人,呵呵——"

杏儿的脸上泛起桃红的晕,摇着张大嫂的胳膊不依不饶……

张大嫂呵呵地笑,将她推出去,"快去吧,啥也别管。"

杏儿把王志杰拽到自己的帐里,气喘吁吁,热辣地盯着他看,"想我吗?"

王志杰吞咽着唾沫,"想,想得我都快疯了!"

听了这话,杏儿抿嘴,将嘴唇咬得没了血色。她把他的眼镜摘下来,小心地放在碰不到的地方,娇羞地伏在他耳朵边呢喃:"那就好好爱我吧,我看你咋疯的……"

王志杰的胸口像大海的波浪一样起伏翻滚,波浪涛天。这样宽阔炙热的胸膛真能吞噬一切!

杏儿有了小小的害怕,"你这个傻孩子,想吃了我?"王志杰重重地喘着粗气,紧紧地拥住她,"你说对了,我就是要吃了你!我的丫头,我要吃了你!"

暖暖的火炉,剧烈地燃烧,再燃烧,直到慢慢变成炭火,慢慢暗淡下去。

杏儿快速整理散乱开的头发……

整理好衣服，王志杰想起了什么，说道："杏儿，我买了些东西，想一个人去看看友文兄弟。"杏儿没说话，只是轻轻点了下头。

王志杰在隋友文的墓前笔直站着，然后恭恭敬敬鞠躬敬礼，好久才说："兄弟，一晃一年多了，想想咱兄弟一起抬杠的事好像就在昨天。兄弟，你有种，你是个真正的爷们，如果不是你冲上去，杏儿早就没了，和你相比，我什么也不是！兄弟，我真的比不上你，我觉得我并不怕死，我也可以为杏儿去死，可是真到了节骨眼儿上，我却一点用也没有。唉，不说这个了。兄弟，有一点请你放心，我会对杏儿好，一千倍一万倍地对她好。我想好了，以后我们俩有了孩子，一个叫友，一个叫文，永远怀念你，我的孩子就是你的孩子！我给你带了瓶茅台酒，你慢慢喝，以后有时间我再来看兄弟。"

王志杰红着眼圈，大步离去，他不想在隋友文的墓前流泪，哭哭啼啼像个娘们似的，让隋组长瞧不起……

过后，王志杰一心扑在工作上，到了中心医院更是发奋工作，得到了领导的赞许和重视。

王志杰给杏儿写信：

杏儿：

　　我好想你！这儿的工作条件比沟里强很多，咱的板夹泥房子也马上下来了，等房子下来了，我回克一河接你。你不知道我有多想你，不对，你知道，你有多想我，就知道我有多想你！

永远爱你的傻孩子

杏儿给他回信：

傻孩子：

　　咋这么长时间也不给我写信了呢？我知道你忙，去大医院一定

153

要照顾好自己的身体,抽空给我写信。没有你的消息,我吃不下饭,睡不着觉,我就快坚持不住了,收到你的信,我又复活了。傻孩子,快点来接我,我想做你的新娘,等不及了,多等一分钟都是煎熬,嘻嘻——笑话我呢吧,我也不知道咋变得这么没出息。以前干爹说丫头大了不中留,我还和他犟,现在看来,干爹的话是金玉良言啊,嘻嘻。好了,不打扰你了,工作那么辛苦,早点睡,记得想我……

永远爱你的丫头

透过纸背,王志杰仿佛看见杏儿漂亮的脸蛋和晶莹的泪珠……

一晃,又是挺久没有收到王志杰的来信,周山都急得嘴起了泡,"杏儿,买张火车票去看看他吧,他忙,你就去看他。"

杏儿梳妆打扮,听干爹的话,准备去看王志杰。下了山,却收到了王志杰的来信,杏儿这个激动,信掉地好几回,也撕了好几回才把信封打开。

杏儿:

　　你好!

　　我真的是很忙,在这里,我和所有医生护士一样,忙得不可开交,虽然忙,但更加充实了。杏儿,你和连长都挺好吧,我一切都好。

　　杏儿,这个事,我真不知道该怎么跟你开口。我知道你喜欢我,那时候我也喜欢你。我从一个医生一下子变成了抬大木头的,那个时候真是万念俱灰,一心想折磨自己,好像越是痛不欲生,我的心里就越好受一些!我跟大木头较劲,跟自己的心较劲,恨不得跟全世界较劲!那个时期是我人生最灰暗的时候,好在有你陪我度过了最难熬的时光,我谢谢你,真心地谢谢你。

　　我们现在离得远了,距离远了,心也就越来越远了,现实就是现实,和童话永远不一样。和我一个单位的小楠护士一直照顾我,她也是援疆来的,凑巧的是,她也是北京的,她真是无微不至地照顾我,她和你一样善良漂亮,人非草木岂能无情,所以我和她走到了一起……

可能用不了多久，我们就会调回北京。杏儿，都是我不好，辜负了你，我也在心里骂了自己。杏儿，你是一个好姑娘，往后你一定能碰到真心喜欢你的人，他一定会陪伴着你，执子之手，与子偕老。

我在连队的日子连长很照顾我，在我心里，他就是个英雄，大岭的英雄！随信寄去二百元钱，给连长买点好吃的，算是我的一点心意吧。杏儿，忘了我吧，你我都应该走出过去，去过属于自己的实实在在的日子。

王志杰

杏儿的心死了。

在那天死去了……

杏儿哭得眼睛肿得老高，不知道自己咋回的连队。周山问她咋了，她死活不说，抱着手里的提兜就是个哭，周山急了，摁住她翻出了提兜里的信。周山看了信，眼前一黑跟跄着退了几步，用手扶住了门框，久久无语，钢牙咬得嘎嘎作响。"这个不是人的东西，干爹真是瞎了狗眼！干爹这双狗眼还以为他王志杰是第二个重情重义的隋友文！杏儿，你等着，干爹去给你讨公道！干爹活够了，这辈子啥也不亏了，活这么大岁数也够本了，干爹会亲手扒了这个兔崽子的皮，把他暴尸荒野，给我丫头出气！"

可是，杏儿死死抱住周山，让他动弹不得……任他怎样推搡、踢踹，她就那么死死地抱住……

周山摇头，一字一顿，一字一血地说："孩子，干爹对你死去的父亲，咱的兄弟，咱的亲兄弟，咱大岭的英雄早有承诺，这辈子干爹可以任人宰割，可咱的丫头绝不能受人欺负，绝不能，半点都不行！如果做不到，咱死了也没脸见你的父亲，没脸见咱大岭的英雄！干爹是啥样的人、啥样的脾气你知道，你不用拦，拦也拦不住！"

杏儿不哭了，抹干了泪水。"干爹，爱一个人，就是要让那个人幸福快乐，现在志杰找到了真正的幸福快乐，我们应该替他开心才是。干爹，记得你说过，我和志杰不是一路人，那时我还不信，现在我才明白，您说得有

155

多对。志杰和那个护士在一起工作,志同道合,可以互帮互助,可以朝夕相处,他们是一对真的再好不过,都是丫头无知。干爹,他可以娶,丫头也可以嫁,丫头这几年也攒了些钱,丫头要风风光光嫁人。干爹,你帮丫头物色一个人选吧,这次,我都听干爹的。"

"傻丫头,这事哪能置气,咱慢慢地找,找比他王志杰好一百倍一千倍的!"

"干爹,跟您摸爬滚打的兄弟都是最好的,您就帮我选一个没成过家的,丫头想嫁人了。"她面无表情但心意决绝。

"孩子,你可想好了,你一时置气,可毁了自己一辈子!"

"干爹,我想得很好了,绝不后悔。现在,我不强求什么荣华富贵,我只要能有个老老实实过日子的人就行。"泪水漫过眼眶,她再去抹干。

"那好,孩子,干爹就替你做主了,其实咱连队自家的兄弟都不错,知根知底,死心塌地地工作,真心实意地待人,咱自家的兄弟都像友文一样……"说这话,觉得不妥,连忙说了对不起,说咋又提这茬了,真是老糊涂了。

"干爹,您没说错,这辈子,我最对不起的就是友文了,为了我,他太不值!丫头对……不起……他……"她闭上眼,一行行清泪漫过。这次,泪水咋擦也擦不干。

周山替杏儿物色的人选是那个叫嘎子的小伙子,曾经和王志杰在一个抬杠组,人老实能干……

周山说了嘎子,杏儿二话也没说,笑着答应下来。"行,挺好的。"没过半个月就嫁了,杏儿将自己存下的工资全拿出来办婚礼,办得风风光光,喜糖多得像铺天盖地的雪花,多得所有人衣兜里都装满了仍装不下。

星星布满夜空。

夜风如昨。

杏儿静静地等着,等那个掀起她红盖头的新郎,那个曾捧着她的小脸亲吻、看也看不够的人,她满眼、满心全是那个人,那个人,就出现在她的眼前……

"杏儿,你真好看!"

杏儿抬起头,真的是他,她笑了,笑着笑着,泪无声地滑过脸颊,她嘟起小嘴,故意说:"我哪好看,瞎说。"

"我没有瞎说,我对星星发誓!"他喘着粗气,她感觉得到他滚烫炙热的气息。

"那你说说,我咋个好看法?"

"我不知道,我只知道,这一辈子,你就是那个我要找的人!"

"你的嘴巴抹蜜了,刚来连队的时候,你看都不看我。"她盯着他的眼睛,一刻也不再分开。

"看了。"

"又瞎说。"

"真的,你没听见兄弟们叫我啥?"

"叫啥?"

"四眼啊。"

"噗——"杏儿忍俊不禁,笑了,红唇间露出闪亮的贝齿。

"我有四只眼睛,有两只没有看你,有两只一直在看,一直。"

"真的吗?"

"真的!"他炙热的气息要将她烤化。

"你太坏了,你是个坏孩子。"她喃喃地说,她抚着他的脸,看他消瘦的脸和挺拔的鼻梁,看他的额头、眉毛、眼睛、耳朵、嘴唇,还有嘴角泛起的一丝坏笑,哪都好看,哪都看不够。

"丫头,你说对了,我就是个坏孩子,想一辈子对你坏的那个坏孩子。"她听得见他的心跳。怦怦,怦怦!她用脸颊贴在他的胸口上,她感觉得到,那颗心,就要飞出来……

她要吻那颗心……

她想吻一辈子……

她要吻那颗赤烫的许下山盟海誓的永生不变的心。

杏儿伸手去抓,却是空空,恍然如梦,一切如梦……

　　杏儿结婚了,周山心底的一块大石头也撂地了,可是他觉得,有一件事必须得做个了结,必须对王志杰欺负丫头这事有个说法,必须得用自己的方式"法办"了这个人!

　　虽然杏儿笑呵呵地成了家,可是周山太懂杏儿这个丫头了,总觉着那是杏儿的一身皮肉在行走,她的目光空洞,她的魂已经不在了。他必须对杏儿有个交代,才能找回杏儿的魂,让杏儿的后半辈子得以安生!周山坐上绿皮火车去了牙克石,七个小时的火车,像坐了七年。

　　让周山没想到的是,他压根就没见着王志杰。他发疯似的找,所有医生办公室和病房挨着个地找。见他这个样子,没有人敢和他说话,后来有个大夫拦下他,问了他的情况,当得知他叫周山时,那个大夫看了他半天,表情很严肃。那个大夫回宿舍给他取了一封信,说是王志杰走时留给周山的。周山迫不及待地打开信,熟悉的笔迹映入他的眼帘,没错,是王志杰的字。

　　连长:

　　　　当您看到这封信的时候,我已经不在这个世界了,我没有活够,可是天意如此,我没有办法。连长,我就知道,您一定会来找我的,您不来,我都瞧不起您,您不来,就说明杏儿身边再也没有一个能用命来疼她爱她的人了。您在看这封信的时候,我在九泉笑!连长,杏儿出事的那次,是隋友文救了她,友文是我心目中的英雄,我至死感激他,到了那个世界,我再当面磕头谢他。

　　　　连长,我没有负心,我一直爱着杏儿,对这丫头死心塌地,忠贞不渝!可是,有一天,我却发现我病了,病得很严重,我做了全面的检查,结果是晚期胃癌……我是个大夫,我心里有数,我开始不停地咯血,吐血,我知道自己的时日不多了……我也知道,如果我就这样死去,那最难受的就是杏儿,杏儿可能因为我的突然离去而受不了,我怕她会疯掉或者干脆随我而去,她不能再受这样的打击了。所以,我只有做一回负心人了,我伤了她的心,她才能恨我,才能忘了我,才能

158

再做一个美丽的新娘。好在我的辛苦没有白费,我一直托人悄悄打探,得知了她要结婚的消息……她结婚那天,我悄悄回了克一河,我看见兄弟们和您一起举杯敬杏儿,我虽觉万箭穿心却又心满意足!那夜,我一个人在杏儿的新房外坐了一夜,我想象着,我就是新房里的那个男人,那个新郎。有几次心里冲动,我想冲进去,我想拼命大喊,杏儿是我的新娘!是我的丫头!是我最爱的人啊!可是理智告诉我,不能那么做,不能害了杏儿,不能害了杏儿的一辈子!一辈子很长很长……

连长,您是我心里最敬重的人,我给您留这封信,是我觉得,我伤一个人的心就够了,再伤您的心,我实在于心不忍,再伤一个大岭英雄的心,天理不容!您看过信后,将信烧了吧。

最后,敬祝我心中永远的大岭英雄、杏儿的干爹、我尊敬的连长、我和丫头共同的干爹余生安好!

绝笔!

抬杠一组组长:王志杰

周山不知道咋坐车回来的。他没想到,杏儿早早地在车站接他。

"干爹,见着他了吗?干爹你这是咋了?"杏儿看见周山的头发一夜之间全白了,不住地在乱风中飞舞着。

"……"周山的嘴唇翕动了一下。

"说话啊干爹!"杏儿用力摇着他的胳膊。

"见,见到了,啊不不,没见到……"周山语无伦次。

"干爹,您忍心骗丫头吗?到底咋回事,快告诉丫头!"杏儿急得抓心挠肝、五内俱焚。

"孩子,干爹是去了,可是脚前脚后没看着人影,他……他已经调回北京去了。"周山睁着红肿的眼睛,看了杏儿一眼,又重重低下头。

"是啊,"杏儿眼丝发红,喃喃地说,"志杰有才华,能吃苦,错不了。"

"杏儿,把他忘了吧!嘎子对你好吧……"周山说不下去了。

159

看着周山一夜之间全白的头发,杏儿心如刀绞,她真的不想让干爹为自己的事再难过操心,她努力平复自己的心情,"干爹,我知道志杰一切都好,呜呜——我的心也就落地了,我也就能跟嘎子踏踏实实过日子了。呜呜——我没事的干爹。呜呜——"

"丫头,咋又哭了,不哭啊。"说着话,周山也落泪了。

"干爹,您别管我,不知道咋了,我就想大哭一场……丫头的心好疼好疼……"她捂着胸口,蜷缩在地上。

"孩子,别恨他了,人各有各的生活和难处,都不容易。孩子,你想哭就哭吧。"周山转过身拭泪,蹒跚而去。

看着干爹银白的头发在风中乱舞,杏儿对着周山佝偻的背影默默说道:"干爹,我真不恨他,爱都没有爱够,哪来的恨呢……"

周山挪着步子,走不动了,还得走,一步一步挪动着。

"啊——啊呜呜——啊啊——"身后,杏儿的哭声撕心裂肺悲天恸地……

又是一季春花开。

周山将一封信从柜子里掏出来,看着隽秀的字迹,徐徐将地瓜慵倒了满碗,眼眶渐渐变得血红,哽咽着说:"兄弟,不,应该叫志杰,在心里,咱早就把你当女婿看了,干爹今儿个敬你一碗地瓜慵。你在连队的时候,一喝酒就紧紧(东北方言,抽搐的意思)鼻子,直喊辣,干爹想想就笑。看干爹的,一口气一碗酒,眉头都不会皱一下!"干了满碗酒,他继续对着信说:"干爹不忍心骗丫头啊,干爹多少次想告诉她真相,可是干爹一有这种想法,就总能看到你坚决的眼神啊……干爹把你的信留了一年,没舍得烧,现在干爹服你了,你是真狠!比干爹狠!比干爹仗义!比干爹英雄!是个真正的男人!真正的爷们儿!不愧是咱大岭抬杠的带把的男人!请原谅干爹没文化!"他哭了,边哭边嘟囔:"干爹答应你,替你保守这个秘密,永远不说!"他划了根火柴,将信燃成了灰烬,明亮的火光将他脸上的泪痕照得清晰可见,"干爹今天不但敬你酒,干爹今天还给你唱抬杠号子,唱丫头编的抬杠号子,你一定爱听,小子,你听好了!"

他就唱了起来,他就嗥了起来,边笑,边跳,边唱,喊破了喉咙,那声音越来越远,越来越尖细,刺破了苍穹:

哈腰挂呀——嗨哟——

走起来了——嗨哟——

挺起腰啊——嗨哟——

向前走啊——嗨哟——

脚下看呢——嗨哟——

杠要稳啊——嗨哟——

就要到了——嗨哟——

坚持住啊——嗨哟——

莫松手啊——嗨哟——

上大跳了——嗨哟——

坚持住啊——嗨哟——

就要到了——嗨哟——

吃白馍呀——嗨哟——

吃肥肉呀——嗨哟——

小媳妇呀——嗨哟——

在家等啊——嗨哟——

暖被窝哟——嗨哟——

小——媳——妇——呀——嗨哟——

在——家——等——啊——嗨哟——

暖——被——窝——哟——

161

北疆之春（代跋）

——献给为新中国大兴安岭林区开发建设事业默默奉献的各族儿女

时间悄悄滑过

冬的脸庞

这北方以北的大地

吐露生命的气息

春讯——

一抹岭中的杜鹃红

走着走着

循着循着

一甲子的征程

荏苒殷实

塞外飞雪的声音已住

绿海长卷的画面铺展

窗外正是——

盛世之下的北疆之春

大兴安岭

一个古老的苍翠的乳名

在无数生命的消长与轮回里

静看花开花落

千年——

也只是一瞬

六十年栉风沐雨

与共和国共同成长

从稚嫩的小苗

成长为共和国北疆的绿海长城

那一瞬

成为永恒

震天的开山号

铿锵的斧锯

组成了山里最美的乐符

开始了与建设一个新世界的奔跑

从此

兴安儿女被赋予兴安汉子与巾帼英雄的称号

他们在大岭之上

日夜不息

织就传奇的北疆壮锦

青春

无悔

热血

奋斗

丰碑

铁肩

男人的汗水与女人的泪水

呼号的北风后

统统被历史收藏

不是掩埋

在时光的岁月里发酵

然后——

金光四射

这道屹立不倒的内心之城

就是永不磨灭的大兴安岭人精神

踏着这串足迹寻觅的时候

我热泪如雨

今天

当我踏上脚下这片先人曾生活过的土地

当我以一个后生和爱的名义仰望这北方的圣山——大兴安岭

我知道

我们正携手春天

携手芬芳

抚摸这广袤无际的林海涛声

此刻

当我踏上脚下这片先人曾拼搏过的土地

当我以一个后生和虔诚的名义仰望这北方的圣山——大兴安岭

我知道

我们正携手希望

携手未来

倾听一望无际的大岭之花

绿树　人家　宜居　笑脸

先辈的大岭之梦

开出花朵

盛开的达子香正遥寄京华

气息　汗滴　花开　赞歌

后辈的大岭之轮

轰鸣震天

正从洪荒中滚滚奔袭

一往无前

王玉亮

（本诗原载内蒙古林海日报）